तीस बरस बाद : मैं

हसन जमाल

वाणी प्रकाशन

वाणी प्रकाशन
4695, 21-ए, दरियागंज, नयी दिल्ली 110 002
शाखा
अशोक राजपथ, पटना 800 004
फ़ोन: +91 11 23273167 फ़ैक्स: +91 11 23275710
www.vaniprakashan.in
vaniprakashan@gmail.com

TEESBARASBAAD: MAIN
by Hasan Jamal

ISBN : 978-93-5072-623-5
Collection of Stories

प्रथम संस्करण
मूल्य : ₹ 250

शुभम् ऑफ़सेट, दिल्ली-110 032 में मुद्रित

वाणी प्रकाशन का लोगो मक़बूल फ़िदा हुसेन की कूची से

समर्पित

डॉ. सत्यनारायण के बेहद इसरार पर

मर्हूमा बीवी रहमत की याद में—

अनुक्रम

ख़ानाबदोश

रहीम चाचा नाम के रहीम थे। उनमें 'रहम' नाम को न था। सारी ज़िन्दगी वो अपनी शर्तों पर जीते रहे। वो अपनी मनमर्ज़ी और अपने उसूलों के आगे किसी को ख़ातिर में नहीं लाते थे। वे उसूल उनके अपने बनाये हुए होते थे। उनमें दलील का कोई दख़ल नहीं होता था। जो उनके मिज़ाज के मुआफिक़ न आता था वो उनके उसूल के ख़िलाफ़ होता था, ये समझ लीजिए।

रहीम चाचा को देखकर कोई यह नहीं कह सकता था कि ये शख़्स इतना अमीर है कि चाहे तो बीसियों नौकर रख ले। रुपयों का शुमार ही नहीं, कितने इनके हाथों में आये और कितने निकल गये। मामूली-से कुर्ता, पाजामा, पैरों में हवाई चप्पल, वो भी घिसे हुए, मुँह दाँतों से महरूम, आँखें बचपन से चुँधियायी हुई लेकिन मज़ाल है कि 75-80 के लपेटे में भी दूर-नज़दीक के चश्मे की ज़रूरत पड़ती हो। कार रखते हैं लेकिन ड्राइवर की बग़ल में बैठे हुए कार-मालिक नहीं लगते। दरअसल बाहरी रख-रखाव का उन्हें ज़रा भी चाव नहीं रहा। उन्होंने होश सँभालते ही पत्थर से दिल लगाया और दिल पर चोट खायी। अगर आप ये समझ रहे हैं कि उन्होंने किसी पत्थर दिल हसीना से दिल लगाया था तो ग़लत सोच रहे हैं। वैसे ये उनका प्राइवेट मुआमला था। हर शख़्स की ज़िन्दगी में कुछ पोशीदा पहलू होते हैं जिसकी ज़माने को भनक तक नहीं लगती। पत्थर से दिल लगाने का मतलब ये है कि सारी उम्र हवेलियाँ और मकान खरीदते और बेचते रहे। कुछ गिरवाते,

कुछ बनवाते रहे। हवेलियों के मालिक होते हुए भी कोई ठिकाना न तो मुस्तक़िल बन सका और न सही मानो में घर।

अपने बाप की इन हरकतों को देखकर बेटे ज्यों-ज्यों सयाने हुए, अपना घर अलग बसा लिया। पीछे रह गयी बेचारी चाची, जिसने कभी सुख देखा ही नहीं। जब से रहीम चाचा के निकाह में आयीं, उनके गुस्से और उखाड़-पखाड़ को झेलती रहीं या फिर ख़ानाबदोशों की तरह यहाँ से वहाँ भटकती रहीं। नये मकान में क़रीने से सामान रखा भी नहीं कि नया फ़रमान जारी हो जाता—इस बिल्डिंग का सौदा कर लिया है। अब कहीं और चलकर रहेंगे। "कहाँ?" चाची सिर्फ़ इतना पूछ पाती। "क्यों" जैसा सवाल वो कभी नहीं कर सकीं। चाचा को आपत्तिजनक सवाल सुनने की आदत नहीं थी। परेशानी की हालत में चची कुछ बोल जातीं तो वो धुनाई होती कि दिनों तक बदन टीसता रहता। मारे डर के वो सूखकर काँटा हो गयी थीं। मुहावरे में नहीं, हक़ीक़तन। तीस किलो वज़न भी न रहा होगा। इतनी हल्की-फुल्की, फूँकों से उड़ जाने वाली। हर वक़्त हँफनी छूटती रहती। चाचा को फ़िल्में (ख़ासकर अंग्रेज़ी) देखने और फ़िल्मी रिसाले पढ़ने का बड़ा शौक़ था। ज़ाहिर है उसका असर ज़ेहनो-दिल पर होता था, लिहाज़ा ख़ुमार चची पर उतरता था। इस ख़ुमारी ने पे-दर-पे कई बच्चे चची की गोद में डाल दिये थे। उनकी सारी ज़िन्दगी बच्चों को पालने, मियाँ के ग़ुस्से को सँभालने और घर को इधर से उधर ले जाने में ख़र्च हो गयी। ये मालूम नहीं हो सका कि चाचा चची को बीवी समझते थे या फ़क़त नौकरानी। घर में चची की राय की कोई अहमियत नहीं थी। चाचा को बिना हिचक मौजूदा दौर का मुहम्मद तुग़लक़ कहा जा सकता था जिसने आनन-फानन में दिल्ली की राजधानी दौलताबाद में मुन्तक़िल करने का फ़रमान जारी कर दिया था—इंसानों और जानवरों की आबादी समेत।

चाचा ऐसे क्यों थे? यानी कि इतने ज़हरीले। वो जिसको काट लेते वो पानी तक नहीं माँगता था। ख़ुद उनको कभी ज़हर नहीं चढ़ता था। डंक मारने वाला बिच्छू ख़ुद मर जाता था। कहते हैं, चाचा जब गर्भ में थे तब दादी को बिच्छू ने काट लिया था तभी से चाचा पर बिच्छू के ज़हर का असर नहीं होता। तब से वो ख़ुद बिच्छू बन गये थे। जिसने भी

ख़िलाफ़े-मिज़ाज बात की, फ़ौरन उसे डंक मारा और यूँ बरसों के याराने गये। एक ही झटके में रिश्ता ख़त्म कर देते, चाहे सगे भाई हों, सगी बहनें या सगी बेटी ही क्यों न हों। हमारे वालिद तो ख़ैर पहली दादी से थे। रहीम चाचा और उनके दीगर भाई-बहन तीसरी दादी से थे। सो, हमारे वालिद और उनके ख़ानदान से चाचा का रिश्ता सौतेला रहा। कभी दिल मिले ही नहीं। ज़रा-ज़रा–सी बात पर बात बिगड़ जाया करती। हमारी तीसरी दादी भी कौन कम थीं। फ़क़त साढ़े चार फीट की मगर ग़ुस्सा देखो तो सातवें आसमान पर। आख़िर कुछ असर तो औलाद में आना ही था।

दादा जब बीमार हुए तो बरसों बिस्तर पर पड़े रहे। हमारे वालिद ने ही उनकी ख़िदमत की। अलग घर होते हुए भी बाप के इलाज में अपना पैसा लगाया। आख़िर को सगे बाप थे, माँ सौतेली हुई तो क्या? दादा कहते-कहते मर गये कि अपने इन बेटों से मैं क्या माँगता हूँ? दो घड़ी बाप के पास आकर नहीं बैठते और नहीं पूछते कि बाबा कैसी तबीअत है? अजनबियों की तरह घर में घुसते हैं और मुँह उठाये चल देते हैं। मैंने इनके लिए क्या नहीं किया?

दरअसल दादा हमारे बड़े दूर-अन्देश थे। बहुत क़ाबिल, हुनरमन्द और संजीदा। भाइयों की नाइंसाफ़ी से परेशान होकर अपना आबाई शहर ही छोड़ दिया और नये शहर में आकर अपनी जाजम जमायी और देखते ही देखते एक ठाकुर की हवेली ख़रीद ली। उनकी बड़ी साख थी। व्यापारियों और बिरादरी में पैसा बरसने लगा तो एक और हवेली ख़रीद ली। वो हवेली बड़ी मनहूस थी। उसमें कोई पनपा नहीं। किसी ज़माने में वो भी किसी ठाकुर की रही होगी। फिर एक सेठ ने उसे ख़रीदा। आसपास का इलाक़ा निम्न मुस्लिम जातियों का था। माहौल रास नहीं आया। दादा को औने-पौने में बेच कर चलता बना। हवेली काफ़ी बड़ी थी और उसमें कई किरायेदार सेठ के ज़माने से थे। रहीम चाचा की जब अपने दूसरे भाइयों से तकरार व राड़ बढ़ने लगी तो वो उस नयी हवेली में शिफ्ट हो गये। योजना थी कि बहुत सारी ख़ाली पड़ी ज़मीन पर वो अपना काम-धन्धा जमा लेंगे और किरायेदारों पर नज़र भी रखेंगे। दादा चाहते थे कि तमाम किरायेदारों से हवेली ख़ाली करवाकर सिर्फ़ अपनी

कुनबे के उपयोग में रखी जाए क्योंकि वक़्त के साथ कुनबा बढ़ना ही था।

हमारे वालिद इतने सीधे, शरीफ़ और बाप के फ़र्माबरदार थे कि जब दादा ने किरायेदारों पर नालिश की तो वकीलों और अदालतों के चक्कर वालिद ही लगाया करते। इस चक्कर में वालिद की अपनी जेब से कितना पैसा निकल जाता, उसका हिसाब उन्होंने कभी बताया नहीं। बीमार बाप को हिसाब कैसे बताएँ। अपने वक़्त और काम का हर्जा करते हुए वो बाप की हिदायतों पर अमल करते थे।

उसी आज्ञाकारी बेटे की बेटी यानी कि हमारी बहन जब उस हवेली में किरायेदार हुई तो रहीम चाचा के 'रहम' का नज़ारा देखने को मिला। हमारी बहन की उन दिनों माली हालत बहुत कमज़ोर थी। जीजा ढंग से कमाते न थे। बच्चे छोटे थे। घर का मकान न था सो दादा की हवेली में सर छुपाने आ गयी। दादा ज़िन्दा रहे तब तक ख़ैरियत रही। फिर भाइयों में जायदाद का बँटवारा हुआ तो हवेली का वो हिस्सा रहीम चाचा के हिस्से में आ गया। उन्हें भतीजी की मौजूदगी खटकने लगी। सो एक दिन फ़रमान जारी कर दिया, "कमरा और बरामदा फ़ौरन खाली कर दो।"

शुरु में तो बहन ने इसे चाचा का मज़ाक़ समझा लेकिन जब पानी सर से ऊपर उठने लगा तो मोहलत माँगी गयी। मोहलत मिली तो सही लेकिन बहन गफ़लत में रही। एक दिन रहीम चाचा को गुस्से का ज़हर चढ़ा तो बहन की गृहस्थी का सारा सामान बाहर फिंकवा दिया। वालिद को ख़बर लगी तो दौड़े-दौड़े गये। भाई को समझाने की कोशिश की लेकिन चाचा का ज़हर इतनी आसानी से उतरता न था। उन पर एक जुनून सवार हो जाता था। ये वो दिन थे जब रहीम चाचा ध्वंस और निर्माण के सफ़र की शुरुआत कर चुके थे। हर वक़्त उनके ज़ेहन में प्लानिंग चलती रहती थी। उन्हीं दिनों इंड्रस्ट्रीयल एरिया में 'करीम टैक्सटाइल' के नाम से फ़ैक्टरी खड़ी कर ली। वो करीम का यानी हमारे दादा का नाम रौशन करना चाहते थे। उन्होंने जितनी भी फ़र्में बनायीं, जितने भी मार्केट बनाये, बिल्डिंगें तामीर करायीं, सबमें करीम का नाम बड़े अक्षरों में लिखाया गया। करीम टैक्सटाइल, करीम एंड संस, करीम मार्केट, करीम मंज़िल, करीम विला। इस तरह शायद वे अपने

उपेक्षित बाप की रूह को सुकून पहुँचा रहे थे। कहते भी थे, ''बा की औलाद में सिर्फ मैं हूँ जो बा का नाम रौशन कर रहा हूँ।'' ये और बात है कि अप-डाउन के चक्कर में जब बैंक का क़र्ज़ा वक्त पर नहीं चुकाया गया तो उसकी करीम टैक्सटाइल की नीलामी के इश्तिहार अख़बारों में छप गये। जिस करीम सेठ की अपनी ज़िन्दगी में बड़ी साख व इज़्ज़त थी वो रहीम चाचा की वजह से तार-तार हो गयी। न सिर्फ़ बाज़ार में, बल्कि बिरादरी के दरबार में भी।

मगर रहीम चाचा इस झटके को बर्दाश्त कर गये और फिर पुराने ठाठ से उठ खड़े हुए। क़िस्मत ही ऐसी पायी थी कि जहाँ भी हाथ डालते, पैसा निकलने लगता।

हमारी बहन को किराये का दूसरा मकान तो मिल गया पर इसी बात पर भाइयों में दरार पैदा हो गयी जो वालिद के मरने तक क़ायम रही। वालिद से नाता टूटा तो हमारा रिश्ता भी चाचा से ख़त्म हुआ। मामूली बात को ग़ैर-मामूली बना देना चाचा के बायें हाथ का खेल था। उनकी हर आदत इन्तिहा पर थी। मेल-मिलाप इतना घना कि जो चाहो उनसे माँग लो, चाहे कपड़े उतरवा लो और दुश्मनी ऐसी कि पठानों और क़बाइलियों में क्या रही होगी? कौन जाने, पिछले जन्म में (रब मुझे मुआफ़ करे!) क़बाइली रहे होंगे। हमारे ख़ानदान से रिश्ता भले ही टूटा, मुझे वो अज़ीज़ जानते थे। मैं उनका ऐसा भतीजा था जो उनके गिले-शिकवे बड़े ग़ौर से सुनता था और ख़ुद हर्फ़े शिकायत ज़बान पर न लाता था। रास्ते में कहीं मिल जाते तो बड़े अदब से सलाम करता था और कभी-कभी बातचीत भी हो जाती थी। मेरे भाई ऐसा न करते। हमारे कुटुम्ब-क़बीले में आपसी मुहब्बत की बेहद कमी थी और है। ऐसे मिलते हैं जैसे कोई रिश्ता ही न हो। अजनबी की आँखों में भी अक्सर अपनापन झलक जाता है पर हमारे यहाँ नहीं। मैं हर मुमकिन शिकवे-शिकायत और फ़साद की बातों से बचता था। मेरी यही आदत उनको पन्सद थी। मेरे बारे में कहते कि भाई के ख़ानदान में यही लड़का समझदार है, बाक़ी सब तो नम्बरदार हैं लेकिन एक दो मौक़े ऐसे भी आये कि मैं भी उनकी ज़द से नहीं बच सका।

ये उन दिनों की बात है जब वे मुसलमानों के बदनाम इलाक़े में सेठ की हवेली का अपना हिस्सा बेचने के बाद वहीं

एक और ख़स्ताहाल हवेली में रहने लगे थे। हवेली बाहर से उजाड़, अन्दर महलोंमहल। बड़े-बड़े हॉल, दीवारों पर पच्चीकारियाँ, बारादरियाँ। यहाँ भी कुछ हिस्सा अपने क़ब्ज़े में रखा, बक़िया बेच डाला। हवेली के बड़े फाटक से गुज़रना कैसा? साइड में 25-30 अस्थायी सीढ़ियाँ चढ़कर ही उन तक पहुँचा जा सकता था। चाचा ज़मीन-ज़ायदाद खड़े-खड़े बेच दिया करते, रद्दी की तरह। ये वो दिन थे जब अपने सगे भाइयों से भी उनकी नहीं बनती थी। हिस्से बखरे को लेकर अदालतो मे मुक़दमे चल रहे थे। तीनों भाइयों ने एक-दूसरे को मात देने के लिए अपने गुर्गे पाल रखे थे। बाक़ी दोनों भाई तो उस इलाक़े से दूर रहते थे इसलिए गुर्गों की बेजा माँगों से बचे रहते थे लेकिन रहीम चाचा गुर्गों के इलाक़े में ही रहते थे। आए दिन उनका तक़ाज़ा होता रहता था। बाज़ औक़ात रहीम चाचा आनाकानी करते तो उन्हें घेरकर जेब में जितने रुपये होते, शराब और पार्टी के लिए छीन लिये जाते। कई बार पिट भी जाते।

यह ख़बर हम तक भी पहुँचती तो बड़ा अफ़सोस होता कि रहीम चाचा किस तरह बाप की इज़्ज़त को मिट्टी में मिला रहे हैं। खुदा ने उन्हें दौलत से नवाज़ा है तो उसका सही इस्तेमाल क्यों नहीं करते हैं? क्यों दुश्मनी की आग में जलते हैं और ख़ुद अपने गुर्गों के हाथों पिटते हैं। गुंडे-मवालियों को मुँह लगाना और उनका सहारा लेना किस क़दर ख़तरनाक होता है, यह बात उन्हें देर से समझ आयी और वे वहाँ से शिफ्ट हो गये।

उन दिनों रहीम चाचा अपने सबसे छोटे भाई को जेल भिजवाने की जुगत में थे क्योंकि छोटे भाई ने बक़ौल रहीम चाचा का एक़ मकान हड़प लिया था। छोटे चाचा को ख़बर लगी तो मुझे इस काम पर मामूर किया गया। मैंने अपने सोर्स से वारंट गिरफ़्तारी जारी होने की इत्तिला दे दी। नतीजतन उन्होंने वक़्त पर अपनी ज़मानत करवा ली और गिरफ़्तारी से बच गये। ये ख़बर किसी तरह रहीम चाचा को पहुँच गयी और एक ही झटके में मैं समझदार से 'कमीना' बना गया लेकिन जब उनका गुस्सा ठंडा हुआ तो उनका रवैया फिर मुशफ़िक़ाना हो गया। बड़ों का अदब करना मैंने अपने वालिद से सीखा था जो ज़िन्दगी में बहुत काम आया। सलाम की पहल करने से आदमी छोटा नहीं हो जाता। ये हर दिल अज़ीजी का ऐसा गुण

है जो हर ज़माने में आज़माया जा सकता है। हज़रत मुहम्मद साहब इतने बड़े पैग़म्बर थे पर हर छोटे व बड़े को सलाम करने में पहल किया करते थे। मेरा उसूल रहा कि जिससे भी एक बार जान-पहचान हो जाए उसे कभी मत भुलाओ। सलाम की बदौलत कई बार मुश्किल काम चुटकियों में हल हो जाते हैं। शायद इसलिए मैंने बावजूद सम्बन्ध-विच्छेद के, मैंने चचा के दिल में जगह बना ली थी।

जब नया-नया करीम मार्केट बना था तब मैं उन्हें मुबारकबाद देने गया था। बड़े ख़ुश हुए। पूरा मार्केट दिखाया। मैंने यूँ ही कह दिया कि एक दुकान की ज़रूरत मुझे भी थी, तो बोले, पहले कहना था ना। अब तो सब दुकानें उठ गयीं। अगली बार पहले से कह रखना। तेरे लिए ना नहीं है। फिर मुझे ऊपरी मंज़िल पर ले गये जहाँ उन्होंने अपना रहवास बना रखा था। बड़े उत्साह से बताया कि इस पूरी इमारत का नक़्शा मैंने ही बनाया। देखो तो इतनी-सी जगह में कितने कमरे हैं। चाहे जितने मेहमान आ जायें, कोई प्रॉब्लम नहीं। फिर मुझे आगे के हिस्से की खुली छत पर ले गये जिस पर मार्बल किया हुआ था। कहने लगे, बाहर से मार्केट ज़रूर सँकरा दिखता होगा, यहाँ कितना स्पेस है। शादी-ब्याह या किसी भी आयोजन के लिए इधर-उधर भटकने की जरूरत नहीं। उस वक़्त मेरा अपना रिहायशी दर्द जब ज़बान पर आय गया तो बोले, इसी छत पर तेरे लिए कमरे बनवा दूँ क्या? बोल।

मैं बोल तो सकता था पर बोला नहीं। क्या पता कभी जुनून में यहीं से नीचे फेंक दें तो? ज़ाहिरन कहा, सोचूँगा पर मुझे ग्राउंड फ़्लोर पसन्द है।

"यहाँ ग्राउंड फ़्लोर कहाँ है। ख़ैर। तेरे घर के पास एक बड़ी बिल्डिंग के सौदे की बात चल रही है। सौदा पट गया तो समझो तेरी भी क़िस्मत खुल जाएगी।"

अचानक मेरे मुँह से निकल गया, "चचा! अल्लाह ने आपको इतना नवाज़ा है। बड़ी जिम्मेदारियों से भी निपट चुके हैं। हज क्यों नहीं कर लेते? चाची का भी तो अरमान होगा। यूँ कब तक ख़ानाबदोश बने फिरते रहेंगे?"

चाचा के तेवर एकदम बदल गये। चेहरे पर नागवारी के आसार नुमूदार हुए, "फ़ालतू बात मत कर घोंचू। अपनी चाची

का बड़ा हिमायती बनकर आया है, कल का छोकरा।'' फिर मेरी रोनी सूरत देखकर थोड़े नरम हुए, ''ऐसी बात है भतीज बादशा, जब नमाज़ में ही मेरा दिल नहीं लगता है तो हज करने से क्या होगा? खुदा तो हर जगह है।''

कहने को तो मेरे सीने में बहुत कुछ था पर चाचा के बदले तेवर से मैं सहम गया था और, ''फिर कभी आऊँगा'' कहकर चलता बना। मैं काँपते पैरों से सीढ़ियाँ उतर गया। मुझे लगा कहीं पीछे से चाचा धक्का न दे दें। ऐसे ही थे चाचा। बावजूद सम्बन्ध-विच्छेद के बरसों पहले हमारे वालिद हज पर जाने के लिए भाई से विदाई लेने गये थे। जैसे ही चाचा को ख़बर लगी कि बड़े भाई अलविदाई मुसाफ़े के लिए आये हैं तो दूसरी जानिब की सीढ़ियों से उतरकर जाने लगे। वालिद साहब ने पीछा किया। समझाया, '''तू मेरा छोटा भाई है। तुझे मैंने अपनी गोद में खिलाया था। ऐसे मुबारक मौक़े पर भाई के गले भी न लगेगा? क्या पता दोबारा मुलाक़ात हो न हो (उन दिनों पानी के जहाज़ से हज का सफर होता था) तू भले मुझ से नाराज़ रह ले पर अभी तो गले लग जा। मैं तेरा बड़ा भाई हूँ, ग़ैर या दुश्मन नहीं।''

''कौन भाई? मेरा कोई भाई नहीं है। मर गया भाई।''

वालिद आबदीदा हो, रहीम चाचा को लपक-झपक जाते हुए देखते रह गये। वालिद तो ख़ैर भाई थे, सगी माँ के इन्तिक़ाल पर भी वो मिट्टी देने सीधे क़ब्रिस्तान पहुँचे थे, छोटे भाई के घर नहीं, जहाँ आख़िरी दिनों में दादी रहती थीं। छोटे भाई से उन दिनों उनका जायदाद को लेकर झगड़ा चल रहा था। ख़ासतौर से दादी के हिस्से के मुआमले में। चाचा की आँखों की रौशनी यूँ भले धुँधली न थी पर ज़मीन-ज़ायदाद के मुआमले में तमाम रिश्ते धुँधला जाते थे। उनको मालूम था कि एक दिन ईंट-पत्थर की ये इमारतें छोड़ के जाना है पर उनका दिल इमारतों में ही लगता था, रिश्तों में नहीं।

मुझ में बुरी या अच्छी आदत है कि मेरे ज़ेहन में जो ख़याल उभरते हैं उन्हें मैं बिना लाग-लपेट ज़बान दे देता हूँ, ''चचा! कभी आपको ख़याल नहीं आया कि इतनी दौलत जो आप पत्थरों में, इमारतों में चुपड़ते हो उसका कुछ हिस्सा नेक काम में ख़र्च करते।''

''क्या मतलब है तेरा?'' वो बिगड़े।

"मतलब तो साफ़ है चचा। ऊपर वाला बन्दे को बेपनाह दौलत यूँ ही तो नहीं देता है। वो देखना चाहता है कि उसकी नवाज़िश को बन्दे ने कितने कारे-ख़ैर में ख़र्च किया। ये जो आज के अमीर-कबीर लोग हैं, मिलेनियर हैं, जो बेतहाशा अपनी ज़ात, अपनी नुमाइश में दौलत लुटा रहे हैं, अपना साम्राज्य बढ़ा रहे हैं उन्होंने माल से क्या कमाल किया? चचा! अपनी बिरादरी में, हमारे आस-पास में लोग किस क़दर कमज़ोर हैं। कितनी-कितनी महरूमियों के साथ वो ज़िन्दगी गुज़ार रहे हैं। अगर हम दौलत का कुछ फ़ीसद बिरादरी के ग़रीब बच्चों की तालीम और दूसरी ज़रूरी सहूलतों पर ख़र्च करना शुरू कर दें तो हमारा पिछड़ापन दूर हो जाए।"

चाचा पहले तो अपनी चुँधी आँखों से मुझे घूरने लगे, फिर भभके, "बड़ा समझदार हो गया है रे तू। कल का लौंडा है, मुझे सबक़ सिखा रहा है। तुझे क्या पता है कि मैं किस-किस की, कहाँ-कहाँ मदद करता हूँ? ढिंढोरा पीटूँ क्या? तुझ से हँस बोल लेता हूँ तो समझता है कि बड़ा लाट साहब हो गया है। दो-चार चौपड़ियाँ क्या पढ़ लीं कि अपने आपको तीसमारख़ाँ समझने लगा है। आखिर है ना उसी बदबख़्त, जाहिल, पिछड़े ख़ानदान का आदमी। दूर हो जा मेरी नज़रों से वर्ना झापड़ मार दूँगा।"

उनकी आँखों से चिंगारियाँ बरसने लगी थीं। हँसी-हँसी में कही गई बात झापड़ तक पहुँच जाएगी, इसका अन्दाज़ा न था। कुछ लोग होते हैं जिनके व्यवहार के बारे में आप पूर्वानुमान नहीं लगा सकते। चाचा ऐसे ही थे। बड़ा बेआबरू हो के मैं चाचा के कूचे से निकला। ये बताना ही भूल गया कि रात-दिन अपने काम-धन्धे, सौदेबाज़ियों और इमारतसाज़ियों में लगे रहने से उन्हें हार्ट अटैक आ गया था और उन दिनों वो एक नये निर्माणाधीन मकान के मलबे के माहौल में 'स्वास्थ्य लाभ' ले रहे थे। चाचा को भभकते देखकर चाची दौड़ी-दौड़ी, हाँफती हुई आयी थीं और मेरे सामने हाथ जोड़ दिये थे। ग़नीमत ये रही कि मैं फ़ौरन टल गया वरना दोबारा दौरा पड़ने का अन्देशा था।

कुछ दिनों बाद मैं चाचा को फिर से पहले की तरह सड़कों पर हवाई चप्पल फटकारते आते-जाते देखने लगा। अब उन्होंने मेरे सलाम का जवाब देना तर्क कर दिया था। ये उनकी नराज़गी का इशारिया था। मैंने इसी में आफ़ियत समझी कि

चाचा से दूर रहो। यों भी हमारे कुटुम्ब-क़बीले में नाराजगियाँ और दुश्मनियाँ देर तक चलती थीं। मैं चाचा के लिए और चाचा मेरे लिए भूले-बिसरे गीत बन चुके थे। जो गीत रोज़ गुनगुनाया न जा सके उसे भूलना ही बेहतर! पर आँखें तो बन्द नहीं की जा सकतीं। छन-छन के आती ख़बरों से कान तो बन्द नहीं किये जा सकते हैं।

एक रोज़ मैंने उन्हें शहर के एक व्यस्त और तंग बाज़ार की एक बिल्डिंग की सीढ़ियाँ चढ़ते हुए देखा तो मालूम हुआ आजकल उनका यहीं बसेरा है। मुझे फ़ौरन चाची का ख़याल आया। उन बेचारी ने क्या कसूर किया? ऐसे मियाँ के पल्ले क्या बँधी कि ज़िन्दगीभर के लिए ख़ानाबदोश बनकर रह गयीं। इस बाजार में न पास है, न पड़ोस। अकेली चाची 24 घंटों दीवारों से सर फोड़ती हैं या क्या करती हैं? नीचे दुकानें, ऊपर की मंज़िलों में ऑफ़िस या गोदाम। एक बुढ़िया किस के संग सुख-दुख की बातें करे। चाचा का ज़्यादातर लोगों से छत्तीस का आँकड़ा रहता था, इसलिए चाची के यहाँ कोई आता भी न था। मैं चाची के दुख से दुखी महसूस करने लगा पर मैं कर ही क्या सकता था...कल का लौंडा। हो सकता है, चाची इन सब परेशानियों की आदी हो चुकी हों और कुछ सोचती न हों, जैसे पिंजरे में क़ैद मैना।

फिर एक दिन उस 'हवा महल' का भी सौदा हो गया और चाचा, चाची गुंजान इलाक़े के एक ढूँढ़ार मकान में मुन्तक़िल हो गये। मकान काफ़ी बड़ा था। कई दुकानें निकल सकती थीं। निकलीं भी। महीनों ध्वंस व निर्माण का कार्य चलता रहा। जब भी उधर से गुज़रना हुआ, मलबे के ढेर ही देखे। चूना, सीमेंट, कंकरी, टाइलें। इस इमारती खंखराद को चाचा, चाची कैसे बर्दाश्त करते थे। मैं तो मकान की नियमित सफ़ेदी, रंग-रोग़न होने से घबरा जाता हूँ, बिखराव देख-देखकर। चाचा शायद न घबराते हों पर चाची?..दमे की मरीज़।

फिर देखते ही देखते ढूँढ़ार मकान ने आलीशान तीन मंज़िला मकान की शक्ल ले ली। दीवारें शीशों व टाइलों जड़ी। उस पुराने गुंजान इलाक़े में चाचा क़ी इमारत कुछ अलग ही नज़र आती थी।

चाचा सड़कों पर अब कम ही दिखाई पड़ते थे। दिल का

हाल उम्र के साथ पेचीदा होता जा रहा था। बेटों ने भी बहुत समझाया था कि अब्बा, अब आराम करो। ख़ूब भटक लिये, हमारे साथ आकर क्यों नहीं रहते? पॉश इलाक़े में बँगले हैं। चाहे जिस बेटे के पास रहो। कुछ तो हमारी अम्मी का ख़याल करो। बहुओं का बड़ा चाव है कि सास की ख़िदमत करें। कोई बूढ़ी-बड़ेरी उनके साथ रहे। पर चाचा बेटों की क्या सुनते जब कि ख़ुदा व रसूल की भी नहीं सुनते थे लेकिन डॉक्टर की चेतावनी को शायद वो नज़रअन्दाज़ नहीं कर सके थे और यह नहीं सुना गया कि वो फिर कहीं मुन्तक़िल हो रहे हैं। उनका जुनून न थका हो, जिस्म ज़रूर थक चुका था। लिहाज़ा ज़्यादातर घर में ही आराम फ़रमाते।

हम सब का ये ख़याल था कि चाचा को ये नया मकान रास आ गया है और ये मुस्तक़िल रिहाइशगाह बन चुका है लेकिन ये भी ख़ामख़याली साबित हुई।

उस दिन मैं चमनपुरा में अपने एक शनासा से मिलकर आ रहा था तो रास्ते में एक बड़ा-सा बैग सर पर उठाये चाची को हाँफते हुए जाते देखा। चाची हमारी नज़दीक की रिश्तेदार थीं मगर वक़्त और मियाँ ने उन्हें हम से बहुत दूर ले जा पटका था और यूँ लगता था जैसे शनासा चेहरे वाली कोई अजनबी औरत हो। जैसे बोसीदा कपड़ों में ज़िन्दगीभर के दुख बैग में उठाये कोई मज़दूरिन चली आ रही हो। उन्हें इस हाल में देख कर मेरा दिल दरक गया। एक अमीर शख़्स की ग़रीब औरत को देखकर मेरी आँखें नम हो गयीं। समझ तो गया था यह कोई नयी मुन्तक़िली का मुआमला है। शायद चाचा ने फिर नये मकान का सौदा कर लिया है। चाची ने कभी कहीं का सफ़र किया हो, ये कभी सुना नहीं इसलिए ज़रूर नये घर की तरफ़ ही जा रही होंगी।

''चाची! किधर?'' जानकर अनज़ान बनते हुए मैंने पूछा।

''तेरे चाचा के पल्ले लेने।'' कुछ देर बाद मुझे पहचानकर चाची रो पड़ीं, ''मेरा जीना हराम कर रखा है तेरे चाचा ने। क्या सोचकर बाबा ने ऐसे आदमी से ब्याहा? मेरी ही क़िस्मत फूटी थी, बाक़ी सब तो मज़े कर रही हैं।''

मैं क्या जवाब देता? चाची को जवाब देने के लिए मुनासिब अल्फ़ाज़ सोच ही रहा था कि वो आगे बढ़ गयीं और

मैं सोचने लगा कि क्या सब कुछ इंसान के हाथ में ही होता है या कुदरत के आगे इंसान की कुछ नहीं चलती? चाची अगर मियाँ से परेशान थीं तो कभी रिवोल्ट क्यों नहीं किया? क्या रिवोल्यूशन भी क़ुदरत के इशारे पर होता है?

मैं दिनों तक चाची के दुख से परेशान होता रहा और चाचा के मनोविज्ञान का विश्लेषण करता रहा, पर ये सब बेसूद था।

क़िस्मत की सितमज़रीफ़ी देखिए कि जब चाचा इस जहान से उठे तो उन्हें मजबूरन दादा की पुरानी कब्र में दफ़नाना पड़ा, क्योंकि कब्रिस्तान् में नयी क़ब्रों के लिए जगह कम पड़ने लगी थी। जिस बीमार बाप के पास दो घड़ी बैठने में भी चाचा को फुर्सत नहीं थी, उसी बाप की क़ब्र में आख़िर उन्हें पनाह मिली। अगर रूहें क़ब्रों में रहती होंगी तो ज़रूर चाचा की रूह अपनी आख़िरी क़यामगाह में छटपटा रही होगी कि यहाँ आने के बाद सारे घमंड तमाम मनसूबों और सारी मुन्तक़िलियों के रास्ते बन्द हो जाते हैं। अगर चाचा की रूह के बस में होता तो उस क़ब्र पर ये कुतबा जरूर लगवाते...'मज़ारे-करीमो-रहीम...।'

या फिर वो नयी क़ब्र की तलाश में निकल पड़ते, मगर कब्रिस्तान में क़ब्रों के सौदे नहीं होते। इस शहरे-ख़ामोशां में हर शख़्स को हमेशा-हमेशा के लिए ख़ामोश रह जाना पड़ता है।

(2009)

नामुराद

दुनिया में लाखों-करोड़ों लोग ऐसे होते हैं जिनकी मुरादें कभी बर नहीं आतीं। नामुराद भी उन्हीं में से एक था और उम्र की साठ पायदानें सर कर चुका था और चाहता था कि जाते-जाते उसकी एक मुराद पूरी हो जाए जो होश सँभालने से लेकर अब तक पूरी नहीं हो सकी थी। बहुत छोटी-सी ख़्वाहिश थी नामुराद की कि कोई उसे चाहे। कोई दिल से उसकी तरफ़ आकर्षित हो और वो अपनी ज़िन्दगी में मुहब्बत और चाहत का रंग भर सके और मुहब्बत की उन लज़्ज़तों और दर्दों से आशना हो जाए जिनसे वो अब तक महरूम रहा था। यह कहानी उन लोगों के लिए नहीं है जो कथा-कहानी में सार्वजनिक जीवन की समस्याओं के रू-ब-रू होना चाहते हैं। जो देखा हुआ है उसे लफ़्ज़ों में देखना चाहते हैं। अगर चाहत की निजी समस्या को एक आम समस्या समझ लिया जाए तब तो फिर ठीक है। बात आगे बढ़ायी जा सकती है।

उसके आसपास कई लड़कियाँ और औरतें रही थीं। ख़ानदान की, दूर-नज़दीक की रिश्तेदार, ऑफ़िस कुलीग और पड़ोस की दोशीज़ाएँ जो उस पर नज़र तो डालती थीं, पर ख़ास तवज्जोह नहीं देती थीं। नामुराद दिखने में ऐसा बुरा भी नहीं था लेकिन क़िस्मत उसने बुरी पायी थी। उसने बारहा देखा कि उससे कम आकर्षक, उससे कम क़ाबिल लोगों के कई-कई अफ़ेयर चलते थे और वो उनसे रश्क करता था, और सोचता था कि आख़िर वो क्या चीज़ है जिससे लड़कियाँ आकर्षित होती

हैं। पहले तो नहीं, आजकल पत्र-पत्रिकाओं में स्त्री-पुरुष आकर्षण के सर्वेक्षण आने लगे हैं। जिनसे पता चलता है कि पुरुष को स्त्री में और स्त्री को पुरुष में क्या चीज़ आकर्षित करती है। ये सर्वेक्षण वाले एक कहावत को अक्सर भूल जाते हैं, वो ये कि दिल लगा गधे से तो परी क्या चीज़ है? दरअसल दिल आने के ढंग बड़े निराले होते हैं। कहते हैं, कशिश देखने वाले की आँखों में होती है, सामने वालों में नहीं। लल्लू-पंजू पर भी हसीनाएँ मर जाती हैं और लम्बे-तगड़े ख़ूबरू जवान ताकते रह जाते हैं। अभी तक ऐसी कोई केमिस्ट्री सामने नहीं आयी है कि फ़लाँ-फ़लाँ अनुपात से आकर्षण का घोल तैयार हो सकता है। आकर्षण तो आकर्षण है। कभी भी, कहीं भी हो सकता है। घर में...बैठे बैठाए...ये इश्क़ जन्नत दिखाए। पड़ोस में, ऑफ़िस में, ट्रेन में, बस में, यहाँ तक कि हवाई जहाज़ में क्योंकि इंसान जहाँ होगा, वहाँ उसका दिल भी होगा और जहाँ दिल होगा वहाँ इश्क़ भी होगा। ये दिल कमबख़्त ऐसा है कि हमेशा 'मोर-मोर' माँगता है। एक से उसका दिल नहीं भरता। मर गये मजनूँ, फ़रहाद और राँझा जो एक महबूबा पर अटक गये थे। ख़ैर! उन्हें एक तो मिली वो भी ऐसी भरपूर कि आज तक लोग उन्हें और उनके इश्क़ को याद करते हैं।

एक हमारा ये नामुराद ऐसा नामुराद है जिसने साठ साल गँवा दिये और कभी दिल का सामाँ न कर सका। नामुराद से बड़ा बदनसीब दुनिया में और कोई होगा। उसने ज़िन्दगी भर सीने में दिल भी रखा, उसमें अरमाँ भी रखे मगर अरमाँ का सामां न कर सका। कह सकते हैं कि रखने न दिया गया। क्यों नहीं रखने दिया गया इसकी पड़ताल की जाए तो इकतरफ़ा इश्क़ का कच्चा चिट्ठा सामने आ जाएगा। इश्क़ इकतरफ़ा हो या दुतरफ़ा, कामयाब हो या नाकाम, बहरहाल इश्क़ तो होता ही है। भले ही वो पचास फ़ीसद हो और फ़रीक़े-सानी को मालूम ही न हो कि कोई उसे चाहता है। चाँद को क्या मालूम, चाहता है उसे कोई चकोर।

नामुराद बचपन से झेंपू व शर्मीला था। लड़कियों की तरह शरमाता था। लड़कियों से बात करते हुए उसकी ज़बान तालू से चिपक जाती थी। वैसे भी उसके बचपन में लड़कियों की नज़दीकी के मौक़े कम ही मिलते थे। साथ पढ़ने-लिखने का तो

सवाल ही क्या? कॉलेज का उसने कभी मुँह देखा नहीं। ये वो ज़माना था जब दसवीं पास को भी आसानी से नौकरी मिल जाती थी। ज़ाहिर है, क्लर्की जैसी छोटी नौकरी जो दाल-रोटी और सर छुपाने के लिए काफ़ी होती थी।

नामुराद को रोज़गार की मुराद बर आयी, तब वो फ़क़त बीस साल का था और उसकी मूँछें फूट रही थीं। अगर उसे कॉलेज नसीब हो जाता तो वो भी घर-परिवार की पाबन्दियों से आज़ाद एक पंछी बन जाता और मुमकिन था कि किसी लड़की की नज़र उस पर भी पड़ जाती। पर उसकी ये हसरत ही रह गयी कि किसी लड़की की उस पर नज़र पड़े। अब तो धूलभरी फ़ाइलें थीं और अफ़सरों की झिड़कियाँ। स्कूल में वो टीचर से डरता था, ऑफ़िस में अफ़सरों से डरने लगा। अगर उसे भी खेलने-खाने के मौक़े मिलते तो उसका दब्बूपन हवा हो जाता। उस ज़माने में ज़्यादातर क्लर्क नामुराद की तरह ही दब्बू हुआ करते थे। आज के नौजवानों की तरह चंट नहीं। एक क्लर्क और कोल्हू के बैल में ज़्यादा फ़र्क़ होता भी नहीं। दस से पाँच की गुलामी। फिर घर की चारदीवारी को सलामी। ऐसे हालात में नामुराद की मुराद कैसे पूरी होती।

सवाले ये भी पैदा होता है कि नामुराद ने ऐसी हसरत रखी ही क्यों? गाय या भेड़ जैसे सीधे, शरीफ और सुशील बन्दे को ऐसी ख़्वाहिश रखनी ही नहीं चाहिए थी पर ख़्वाहिशें तो मधुमक्खी की तरह हमला कर देती हैं। उनसे निजात कहाँ? हज़ारों ख़्वाहिशें ऐसी कि हर ख़्वाहिश पर दम निकले। दुनिया के बदसूरततरीन बल्कि अपाहिज और लुंजपुंज शख़्स के सीने में दिल तो होता ही है और जहाँ दिल होगा वहाँ विल भी होगी, इसलिए नामुराद की फ़टीचरी पर मत जाइए उसकी ख्वाहिश की रुदाद सुनते रहिए। प्यार की दास्तान तुम सुनो तो कहें।

ऐसा भी नहीं है कि नामुराद की ज़िन्दगी में कभी लड़कियाँ आयीं ही नहीं। ऐसे मासूम चेहरे पर कौन बदबख़्त लड़की होगी जो नहीं रीझेगी। जब नामुराद दस-बारह बरस का था तब पड़ोस की दो बहनें नामुराद की मुराद पूरी करने उसके आसपास मँडराने लगीं। हर वक़्त वो हीं-हीं, ठीं-ठीं करती रहतीं। रात का पहला पहर होता था। नामुराद के घर के चबूतरे पर एक शाहजी बैठे होते थे जो खाना भी खाते जाते थे और दिलचस्प क़िस्से

भी सुनाते जाते। वो पेशावर के पठान थे। घर में किसी बात पर रूठ गये और फ़क़ीरी इख़्तियार करके नामुराद के शहर में आ गये थे और पेट-पूजा के लिए दो घर पकड़ लिये थे। उनमें एक घर नामुराद के पिता का था।

नामुराद को उन दोनों बहनों का हर वक़्त ठीं-ठीं करना अच्छा नहीं लगता था। जैसे ही नामुराद चड्डी व बनियान में शाहजी के पास आकर बैठता, दोनों बहनें सामने वाले मकान से दौड़ी चली आतीं और नामुराद को छेड़ने लगतीं। ये वो उम्र थी जब नामुराद औरत के तिलिस्म से अनजान था।

एक दिन उसने शाहजी से पूछा, "ये छोरियाँ ऐसा क्यूँ करती हैं?"

शाहजी ने अपने पोपले मुँह की रहस्यमय मुस्कान से कहा, "तुझ पे मरती हैं नामुराद।"

"मगर ये तो ज़िन्दा हैं।" इतना भोला था तब अपना नामुराद और अब? "अगर तुम मिल जाओ" रटते हुए पैंतालीस बरस हो गये पर ऐसी कोई मिली ही नहीं जो उसकी बदरंग ज़िन्दगी में रंग भर दे। एक बीवी मिली लेकिन वो बच्चे पैदा करने की मशीन बनकर रह गयी। उसके पास वो सब कुछ था भी नहीं जिससे मर्द को आसूदगी मिल सकती। यूँ भी बीवी को महबूबा बना लेने का हुनर हरेक को आता नहीं है। मुहब्बत का राग किसी और ही साज़ पर बजाना मर्दों को अच्छा लगता है भले अपना साज़ कितना ही ख़ूबसूरत क्यों न हो।

दरअसल नामुराद ने पहले-पहल औरत का तिलिस्म बीवी से ही जाना। तभी से उसके अन्दर हूक पैदा हुई कि कुछ और ला साक़िया। मगर सिर्फ चाहने भर से क्या होता है? कुछ भी हासिल करने से पहले कोशिश करनी पड़ती है। औरत पका हुआ फल तो नहीं होती कि आप ही आप टपककर गोद में आ जाए। ये भी ज़रूरी नहीं कि हर कोशिश हमेशा फलदायक हो। अगर सभी कोशिशें कामयाब होने लगें तो नामुराद जैसे लोग नामुराद क्यों रह जाएँ।

नामुराद की उम्र की चर्ख़ी तेज़ी से ख़ाली होती जा रही थी, मगर कोई पतंग कट नहीं पा रही थी। जब वो नौकरी के सिलसिले में एक छोटे-से क़स्बे में तैनात था तब वहाँ हाथ-पाँव फैलाने की कोशिश की थी। क़स्बा बहुत पिछड़ा हुआ था और

शहर से आये हुए मुलाज़िमों को बड़ी क़द्र व जिज्ञासा से देखा जाता था और छोटे-छोटे लालच में दुनियादारी से अनजान कन्याएँ खिंची चली आती थीं। कुछ लोग उनको बैठे-बैठाये जन्नत की सैर करा देते थे और कुछ बातों का रस लेते थे।

नामुराद उन्हीं में से था। ये हैरत की बात है कि लड़की के सामने आते ही जिसका चेहरा मारे घबराहट के सुर्ख़ हो जाता था वो कैसे अजनबी लड़कियों व औरतों से मठा-मठा कर बातें कर लेता था। ज़रूरत जो न कराये वो कम है।

नामुराद जब किशोर अवस्था का था तब वो अपने घर से दूर पब्लिक नल पर पानी लेने जाता था तो एक गदरायी लड़की उसकी आँखों व दिल में समा गयी थी। रोज़ ऐसे मौक़े आते थे जब नल के पास उन दोनों के अलावा और कोई नहीं होता था। तब इतनी आबादी भी कहाँ थी। रोज़ वो ये सोचकर घड़ा लेकर घर से निकलता कि आज वो उससे बात करेगा। कुछ भी सिलसिला शुरू होना चाहिए। लड़की नामुराद पर एक उचटती-सी निगाह डालती और रगड़-रगड़कर टोंटी को धोने लगती। उस ज़माने में साफ़-सफ़ाई और छुआछूत का बहुत ख़याल रखा जाता था। वो थी भी दूसरे धर्म की, उच्च कुल की। नामुराद की ज़बान उसके सामने पड़ते ही गुंग हो जाती। जो लड़की दूसरों की छुई टोंटी को भी बर्दाश्त नहीं कर सकती, उसकी बातों को क्योंकर बर्दाश्त कर सकती है। ये अलग बात है कि रात को नींद में उतरने से पहले नामुराद घंटों बातें करता था। कभी-कभी दस्तदराज़ी भी। सोचने की लज़्ज़त पर कौन पहरा लगा सकता है?

फिर एक रोज़ नामुराद के घर में नल लग गया और वो जो घड़ी-घड़ी घड़ा लेकन दीदारे-यार के लिए जाना होता था यकलख़्त बन्द हो गया। आज उम्र की इस ढलान पर नामुराद को खुद पर हैरत होती है कि वो इस क़दर बुज़दिल क्यों था कि जानी-पहचानी रोज़-रोज़ मिलने वाली इलाक़े की लड़की से बेज़रर बातें करने से घबराता व कतराता था। कहीं ऐसा तो नहीं कि बाली उम्र की वो महरूमी उसकी जान का रोग बन गयी हो।

वो चाहत एक बीमार साथी की तरह उसके साथ रेंगती चली आयी थी जबकि किसी को आकर्षित करने के लिए उसके पास कुछ भी नहीं बचा था। अब तो उसे देखकर सिर्फ़ फ़क़त बुजुर्गीयत का अहसास होता था। इंसान भागते, दौड़ते, हाँफते

व रेंगते हुए उस मक़ाम तक पहुँच जाए जहाँ ख़्वाहिशों की तकमील के सारे दरवाज़े बन्द मिलें। उस इन्सान की ज़ेहनी तकलीफ़ का तसव्वुर नहीं किया जा सकता। जब तक आप खुद उस मर्हले से न गुज़रे हों। नामुराद को अपने जैसे बूढ़ों को देखकर बड़ा तरस आता था जो एक लम्बी ज़िन्दगी गुज़ार आये थे मगर ख़ाली हाथ।

नामुराद के बारे में ऐसा ख़याल करना शायद अधूरा सच होगा क्योंकि जिस छोटे क़स्बे में उसने अपनी शुरू जवानी के उमंगों भरे दस बरस गुज़ारे थे वहाँ दस नहीं तो दो जनियाँ ज़रूर उसकी ज़िन्दगी में आयी थीं। एक नाबालिग़ लड़की और दूसरी तलाक़शुदा औरत। मगर वो दोनों ज़रूरतों की मारी थीं। वहाँ ज़ेहनी क़ुर्बत और चाहत के फूल नहीं खिल सकते थे बल्कि तरस का अहसास पैदा होता था और तरस के अहसास से नामुराद को चिढ़ थी। वो जो चाहता था उसे यार-दोस्त ज़ेहनी अय्याशी का नाम देते थे। उसके दोस्त ज़माने के एतबार से बहुत प्रैक्टिकल थे जो गले में हड्डी बाँधने को बेवकूफ़ी तसव्वुर करते थे जबकि नामुराद उर्दू के नामवर शाइर मीराजी का-सा दिल रखता था जो मीरा नाम की बंगालिन लड़की पर ऐसे फिदा हुए कि उनका नाम ही मीराजी पड़ गया और मीरा को आख़िर तक मालूम नहीं हुआ कि एक शख़्स उसके इश्क़ में इस क़दर दीवाना हुआ कि शादी तक नहीं की और "मीरा, मीरा" कहते हुए मर गया।

नामुराद मीराजी की तरह नामुराद, बेसमर और इकतरफ़ा चाहत में गिरफ़्तार होना नहीं चाहता था। उसने कोशिश तो की थी कि बीवी को महबूबा बना ले मगर बीवी उसके जज़्बात को न समझ सकी और गृहस्थिन बनी रही। कह सकते हैं कि महरूमी-ए-हालात के पेशे-नज़र नामुराद ने समझौता करने की कोशिश की थी पर वो इतना बदनसीब निकला कि उसकी चाहत बीवी से पूरी न हो सकी। वो कभी किसी कोठे पर नहीं गया था लेकिन उसे लगता था कि लोगबाग अपनी हसीन बीवियों को घर में तन्हा छोड़कर कोठों पर जाते हैं तो ज़रूर यही कैफ़ियत उनकी भी रहती होगी। मतलब कोई ऐसी हस्ती हो जो बड़े नाज़ो-अदा से उसे चाहे भी, रिझाए भी। ये जानते हुए भी उसकी चाहत भी नक़ली, उसकी अदाएँ भी वक़्ती होती हैं।

दरअसल हर शख़्स अपनी ज़ात को दूसरे में गुम करके ख़ुशी हासिल करना चाहता है। नामुराद ये समझने से क़ासिर था कि जो अदाएँ दूसरियों में अच्छी लगती हैं वो बीवी में भौंडी क्यों लगने लगती हैं। बीवी का तवायफ़ की तरह बन जाना किसी को अच्छा नहीं लगता। नामुराद की बीवी तो ख़ैर सीधी-सादी और अनगढ़ थी।

यहाँ आपको नामुराद की चाहत का एक सूत्र मिल सकता है। बीवी अगर सीधी-सादी, अनपढ़ और अनगढ़ हो और उसके बरअक्स शौहर कल्पनाओं के घोड़े दौड़ाने वाला हो और सीने में मुहब्बत भरा दिल रखता हो तो फिर क्या होगा? वही होगा जो नामुराद के साथ हुआ।

क़स्बे में था तो नामुराद सोचा करता था कि शहर जाएँगे तो ले आएँगे बाजार से दिलो-जाँ और। मगर शहर में आने मे बाद पता लगा कि अभी दिल्ली बहुत दूर है। एक से बढ़कर एक हसीन लड़की उसके दिल को रौंदकर चली जाती है। एक फ़ज़ूल-सी निगाह भी उस पर नहीं डालती। कॉलेज के स्मार्ट लड़कों और बिजनेसमैनों की भारी जेबों वाले नौजवानों के साथ घूमती हुई नज़र आती हैं। तब एक हूक-सी नामुराद के सीने में उठती। इस भरी दुनिया में वही इतना बदनसीब क्यों है कि किसी विपरीत लिंगी का वो मंजूरे-नज़र नहीं। कोई तो हो जिसके साथ वो कुछ बात कर सके। उसके साथ घूम-फिर सके, रेस्टोरेंटों में, पार्कों में, सिनेमाओं में, खुली सड़कों पर। ऐसे में उसे जापान की घिशाएँ याद आतीं जो अकेले मर्दों का पैसों के एवज़ दिल बहलाती हैं और वक़्त पूरा होने पर अजनबी की तरह अपनी राह चली जाती हैं। ये भारत था और भारत का पिछड़ा हुआ सूबा और उसे सूबे का रेगिस्तानी शहर। हालाँकि शहर इतना सूखा भी नहीं था। भूमंडलीकरण जब गाँवों व क़स्बों तक पहुँच गया तो सूबे का ये दूसरा सबसे बड़ा शहर उससे बेअसर कैसे रह सकता था। यहाँ आलीशान मॉल और मल्टीप्लैक्स बन चुके थे। भव्य होटल और रेस्टोरेंट। कई मंज़िला इमारतें, यूनिवर्सिटी, कॉलेज। ग़रज़ की वो तमाम लवाज़मात जो एक बड़े शहर में हो सकते हैं।

मगर यहाँ ज़रा ठहरिए। होने को तो दुनिया में बहुत कुछ हो सकता है। आप अम्बानी या मित्तल का मुक़ाबला ठेला

चलाने वाले मज़दूर से नहीं कर सकते। मज़दूर भी रहता तो इसी दुनिया में है मगर ये दुनिया उसकी दस्तरस से किस क़दर दूर होती है जैसे वह दूसरे ग्रह का हो। तो, मजदूर जैसा हाल नामुराद का था। उम्र के ढलान पर उतरा हुए एक रिटायर्ड आदमी। ऐसे शख़्स को तो परलोक की चिन्ता करनी चाहिए। मगर दिल है कि मानता नहीं। जो काम कॉलेजियटों और धनपशुओं के लिए रूटीन-सा था, वो नामुराद के लिए चाँद छूने जैसा बन गया था। एक ही शहर में रहने वाले सभी लोगों को सभी चीज़ें मुहैया होती ही कब हैं? अपने ख़ौल में बन्द-बन्द रहने का ऐसा नतीजा होना ही था। दोस्ती क़ायम करने के लिए एक सर्कल बनाना पड़ता है और बरसों उस सर्कल में घूमना पड़ता है तब कहीं जाकर निगाहे-इन्तिख़ाब कहीं ठहरती है। तसव्वुरे-जानां किये हुए बैठे रहने से मुराद पूरी नहीं होती। आपके यहाँ कुछ सामान हो तभी तो ख़रीदार ठिठकेगा। ख़ाली-ख़ौली आप पर तवज्जोह देने की यहाँ किसको फ़ुर्सत है?

मगर कहते हैं कि एक दिन घूरे के भी दिन फिरते हैं। सो, नामुराद को भी एक लम्बे शून्य काल के बाद मन की मुराद मिल गयी जैसे, बिल्ली के भाग्य से छींका टूटा हो। तब नामुराद पचास के क़रीब था और वो पच्चीस-छब्बीस के आसपास। सुन्दर सलोनी, युवा वकील, बिल्कुल मीनाक्षी शेषाद्रि की हमशक्ल। उन दिनों नामुराद मीनाक्षी की फ़िल्में ढूँढ़-ढूँढ़कर देखने लगा था। फ़िल्मी पत्रिकाओं में छपी मीनाक्षी की तस्वीरें, दफ़्तर की मेज़ की दराज़ों में, घर में तकियों के नीचे पड़ी रहती थीं। अनीता नाम था उसका। उच्च कुल की ब्राह्मणी। बड़ी तेज़-तर्रार और मुँहफट।

अनीता का कोई काम अटका हुआ था नामुराद के दफ़्तर में, बल्कि नामुराद के पास ही। उसी सिलसिले से आवाजाही बढ़ी और जान-पहचान बढ़ी। जैसे ही अनीता की साड़ी की झलक दरवाजे के शीशे पर नज़र आती, नामुराद घंटी टुनटुना देता, ''भगीरथ। दो एस्प्रेसो कॉफ़ी फटाफट।''

जवाब तो मुख़्तसर-सा काफ़ी होता कि बॉस दौरे पर हैं। फ़ाइल उनके चेम्बर में अटकी हुई है। उनके लौटते ही काम हो ज़ाएगा।

अनीता जाने के लिए उठती तब तक भागीरथ कॉफ़ी लेकर आ जाता। ''अब तो मैडम आपको बैठना ही पड़ेगा।'' फिर मैडम

कॉफ़ी पी रही होतीं और नामुराद मैडम को धीरे-धीरे सिप करते हुए कनखियों से देखता रहता और सोचता कि ये कॉफ़ी कभी ख़त्म न हो। "धीरे-धीरे रे मना, धीरे-धीरे सब कुछ होय...।"

"आप ख़ामखां तकल्लुफ़ करते हैं" अनीता कसमसाकर कहती। हालाँकि होठों पर दिलआवेज़ मुस्कान थिरकती रहती। जिस बन्दे से काम, हो वहाँ मुस्कराने में क्या जाता है?

पर अनीता को पता नहीं था कि यह फ़क़त बाबू नहीं, नामुराद है। एक दिन इसी तकल्लुफ़ में कलफ़ लगाकर नामुराद ने कहा, इसमें तकल्लुफ़ की क्या बात है, कभी आप भी पिला दीजिएगा, हिसाब बराबर। बाई द वे, आपका दौलतख़ाना कहाँ है? 'दौलतख़ाना' के नाम पर अनीता खिलखिला पड़ी—दौलतख़ाना? छोटा-सा ग़रीबखाना है। कभी तशरीफ़ लाइए। रवारवी में अनीता ने कहा था पर नामुराद ने उसे लपक लिया—कहाँ? किस जगह? अच्छा-अच्छा, फ़लां गेट के फ़लाँ मन्दिर के पास। जानता हूँ। अक्सर उधर से गुज़रना होता है। कभी आपके दर्शन होंगे। वैसे जनरली मैं कहीं आता-जाता नहीं। आप कहती हैं तो...।

अनीता को उस वक़्त ये अहसास क़तई नहीं था कि नामुराद वाक़ई उसके घर एक दिन पहुँच जाएगा। दो दिन बाद ही इतवार था। इतवार को नामुराद फुर्सत में होता था। दोपहर तक बिस्तर पर पड़ा रहता। उस दिन दस बजे ही तैयार होकर बाहर जाने लगा तो बीवी ने हैरान आँखों से देखा, 'कोई काम है', का बहाना बनाते हुए नामुराद एक खूबसूरत दोस्ती की उमंग में अनीता के यहाँ जा पहुँचा। कॉलबेल बजायी गयी। "अरे, आप!" के आश्चर्य के साथ खिली-खिली मुस्कराहट से भीना-भीना स्वागत। लगता था ताज़ा-ताज़ा बाथरूम से निकली थी।

ये पहला मौक़ा था जब एक वेल एजुकेटेड एंड ब्यूटीफुल फ़ीमेल के सान्निध्य में तकरीबन एक घंटे तक बैठने का सुनहरा मौक़ा मि. नामुराद को मिला था। 'तुम को देखें कि तुम से बात करें' वाली कैफ़ियत थी। अनीता बिल्कुल सहज थी। मिठाई व शर्बत से ख़ातिर की गयी। नामुराद के पूरे बदन में अजीब-सी फुरेरी दौड़ रही थी। वो कभी उस छोटे-से कमरे के दरो-दीवार को तकता, कभी अनीता के गुलाबी चेहरे को। वहाँ तो नहीं, मगर घर लौटकर देर तक तसव्वुर में जाने कैसे-कैसे

ख़्वाब बुनता रहा। उस दिन पहली बार बीवी पहले से ज्यादा थकी-थकी, मुरझायी हुई, बोसीदा-सी लगी। पहली बार उसे लगा कि वो अब तक एक चूसे हुए आम में रस ढूँढ़ने की कोशिश करता रहा। वो लोग किस क़दर ख़ुशनसीब होते हैं जिन्हें अनीता जैसी ख़ूबसूरत बीवी मिलती है।

इस अनायास बन गये सम्बन्ध को नामुराद देर तक निभाना चाहता था। वह गाहे-ब-गाहे उसके यहाँ जाने लगा। शुरू में तो नहीं, कुछ बाद में अनीता के रवैये में कुछ फ़र्क़ महसूस होने लगा। ख़ासतौर से नामुराद के दफ़्तर में उसका काम हो जाने के बाद। पहले दिन की-सी ख़ातिरदारी तो ख़्वाब बन चुकी थी। अब सिर्फ शिष्टाचार बचा था। उस शिष्टाचार को समझने में नामुराद से भूल हो गयी। उस रोज़ अचानक बिजली चली गयी थी। वे दोनों कमरे के अँधेरे में अकेले बैठे थे। अनीता बिना किसी घबराहट के बातें किये जा रही थी और नामुराद का दिल फड़फड़ाकर बाहर निलकने की कोशिश कर रहा था। क्या हो, अगर इस अँधेरे में अनीता को चूम ले। बुरा तो न मानेगी? मान भी जाए। शायद बखेड़ा खड़ा कर दे। औरत का कोई भरोसा नहीं। वो ख़ुद पर ज़ब्त किये बैठा रहा। इतने में बिजली आ गयी। वो जाँघों में हाथ दबाये बैठा था। खिसियाकर बोला, "आजकल अपने यहाँ लोड शेडिंग बहुत होने लगी है।"

अनीता ने कोई जवाब नहीं दिया। शायद वो उठना चाहती थी। यहीं नामुराद से भयंकर भूल हो गयी और वह कह बैठा, "क्यों नहीं बाहर चलकर एक-एक आइसक्रीम हो जाए। यहीं कॉर्नर पर है आइसक्रीम पार्लर। आप कहें तो यहीं ले आऊँ...एज यू लाइक।"

अनीता के चेहरे पर नागवारी के भाव नुमूदार हुए। उसने ख़ुद पर ज़ब्त करने के लिए दाँत भींचे और तल्ख़ी से बोली, "क्यूँ चलूँ आपके साथ? आपका हमारा रिलेशन क्या है? ऑफ़िस के रिलेशन ऑफ़िस तक ही रहने चाहिए। आप बुज़ुर्ग हैं इसलिए आपका सम्मान करती हूँ। कोई और ख़याल आपके ज़ेहन में हो तो निकाल दीजिए प्लीज़। अदरवाइज़ मत लीजियेगा। मुझे कुछ ज़रूरी काम है।" कहती हुई वो उठ गयी।

उस रोज़ नामुराद के उठने के बाद दरवाज़ा ज़ोर से बन्द किया गया था और वो भी बिना विश किये हुए। उस रोज़

दरवाज़ा जो बन्द हुआ फिर कभी नहीं खुला। नामुराद कई बार उसके यहाँ गया मगर नामुराद ही लौटा। कोई भी बहाना करके उसे टरका दिया जाता था।

इस सम्बन्ध-विच्छेद, बल्कि बिना कोशिश के हाथ आ रही 'जन्नत' के अचानक छिन जाने से नामुराद को इस क़दर सदमा हुआ कि दिनों तक बौखलाया व बौराया फिरता रहा। बेवजह बीवी से उलझता रहा और दफ़्तर में साथियों से झगड़ता रहा। फिर आप ही आप शान्त हो गया और अनीता एक भूली-बिसरी कहानी बन गयी या कि सपना हो गयी।

नामुराद ने सब्र कर लिया कि बक़िया ज़िन्दगी वीरान रेगिस्तान में गुज़ारनी होगी। यहाँ किसी को मुकम्मल जहान नहीं मिलता। जब जवानी के दिन थे और मुरादों की रातें थीं तब तो कुछ हुआ नहीं। अब क्या होगा? बरस पर बरस बीतते जा रहे थे। यहाँ तक कि वो रिटायर हो गया यानी कुल्ली तौर पर एक नाकारा शख़्स जिसकी न सरकार को ज़रूरत थी, न घर-परिवार को। यार-दोस्त तो पहले ही कम थे। जो बचे थे वो भी नज़र न आते।

ज़िन्दगी यूँ ही गुज़र ही जाती मगर नामुराद के रास्ते में एक मोड़ आ गया। इस बार भी औरत कम से कम 22 बरस छोटी थी मगर गदरायी-सी, भरमायी-सी, अभावों की मारी, निखट्टू पति की लापरवाही की शिकार। छोटी-सी आय से गृहस्थी के कोल्हू में पिसती कमली। हिरणी की तरह बड़ी-बड़ी आँखें और गुदाज़ सीना। कोई अच्छा घर व वर मिलता तो राहगीर पलट-पलटकर देखते। उसे और उसके पति को देखकर लगता, लंगूर की बग़ल में कोई हूर है। कमली बेचारी दलित थी। (कृपया दलित विमर्श वाले चौंकें) एक सहकारी बैंक में सफ़ाई कर्मचारी, वो भी अस्थायी, बारह बरसों से। इन बारह बरसों में प्रबन्धकों ने जाने कितने हामजी-फामजी को रखा और कन्फ़र्म किया। दलित स्त्री तो दलने के लिए ही होती है। उसकी सिफ़ारिश कौन करे? नामुराद जैसे बेरसूख़ शख़्स की सिफ़ारिश व गुज़ारिश का कुछ मतलब न था।

कमली की नामुराद से घनिष्ठता कैसे बढ़ी, इस राज़ को राज़ ही रहने दें तो बेहतर है। यूँ भी एक ज़रा-सी बात कहने के बहाने मैं बहुत दूर निकल आया हूँ। आपका काफ़ी वक़्त

ले लिया है। लम्बाई व दूरी से मुझे हमेशा कोफ़्त होती है। कह सकते हैं कि मैं लम्बी रेस का घोड़ा नहीं हूँ लिहाज़ा कट शॉर्ट करता हूँ और क्लाइमेक्स पर ले जाता हूँ।

शुरुआत कमली ने ही की थी, यह कहकर कि इस बार दीवाली पर आपसे दीवाली की ख़र्ची लूँगी। ये तो बाद में मालूम हुआ कि नामुराद ईद, बक़रईद वाला है। तो ये भी अच्छी बात है। बक़रईद पर कुर्बानी का गोश्त मिल जाया करेगा।

दीवाली की ख़र्ची का सिलसिला उधारी तक जा पहुँचा। कभी पचास, कभी सौ, तो कभी पाँच सौ और कभी हज़ार, दो हज़ार तक। एक ग़रीब दलित स्त्री का हाथ हर वक़्त तंग रहना ही ठहरा और नामुराद जैसे भले मानुष अपनी पहुँच में हों तो क्या ग़म। वो तो भले मानुष का दिल ज़बान पर आया तो कमली का माथा ठनका। स्त्री शिक्षित हो या अँगूठा छाप, उसकी घ्राण शक्ति बड़ी तेज़ होती है। यूँ भी दलित कहने-सुनने में किसी का लिहाज़ नहीं करते। नामुराद ने इतना ही तो कहा था कि मुझ से बना के रखोगी तो तुम्हारे बहुत काम आऊँगा।

कमली ने 'बना के रखने' का मतलब फ़ौरन समझ लिया और बोली, "आप तो मेरे बाप के समान हैं। आप ख़याल नहीं रखेंगे तो कौन रखेगा?"

तो बताइए, युवा वकील अनीता और अनपढ़ कमली की सोच व कथन में क्या फ़र्क़ था? आकाश और पाताल एक समान। क्या किया जा सकता था? नामुराद की क़िस्मत ही ऐसी थी। उसकी ज़िन्दगी की तरह फ़टीचर। नामुराद चाहता क्या था, कमली दो घड़ी उसके पास बैठ ले। चाय-वाय पी ले, दुख-सुख की बातें कर ले। इसके अलावा भी कुछ मिल जाए तो सोने पर सुहागा। इस बुढ़ापे में जवान औरत का सान्निध्य मिल जाए तो बुढ़ापा आराम से कट सकता है, मगर नहीं। नामुराद की मुराद पूरी हो जाती तो नामुराद ही क्यों होता? कभी-कभी नामुराद को लगता ये सब उसके रक्तबीज की कारस्तानी है जो उसे चैन से बैठने नहीं देती। वरना ये कोई उम्र है दिल लगाने की। अनीता जैसी सुन्दर व सुशिक्षित व बड़े घर की औरत द्वारा ठुकराये जाने के बाद कमली के प्रति आकर्षण नामुराद का पतन ही तो था यानी आसमान से ज़मीन। दिल जो न कराये वो कम है।

कमली हर दिन उसे ज़ुल दिया करती। धूल-मिट्टी में अटी हुई। बाल सूखे, बिखरे हुए, पीठ पर प्लास्टिक का नीला डस्टबिन। बैंक का कचरा, कचरे के ढेर पर डालने आती, नामुराद को राम-राम कहती और ये जा और वो जा...घर पर बहुत काम पड़े हैं। खाना बनाना है, छोरियाँ तो कुछ करती नहीं, हर वक़्त किताब हाथ में लिये माँ की आँखों में धूल झोंकती रहती हैं। झाड़ू भी तो बनानी है। कोरी तनखा से गुजारा नहीं होता। मुए नौकरी पक्की नहीं करते। आपके कने चार सौ रुपये होंगे।...गैस खत्म हो गयी है।...

नामुराद कहना चाहता, चार सौ क्या, चार हज़ार ले जाओ पर दो घड़ी बैठो तो सही। पास बैठो, तबीअत बहल जाएगी। वैसे पिछले पैसे अभी चुकाये नहीं गये हैं।

चुका देंगे, होंगे तब। दो पल ठिठकी-सी खड़ी रहती कमली याचक की मुद्रा में। कमली जैसी अभावों की मारी औरत को दिन में जाने कितनी-कितनी बार याचक की मुद्रा बनानी पड़ती है।

नामुराद की क़िस्मत को क्या कहिए कि चार सौ रुपये चार दिन की चाँदनी भी साबित नहीं हुए। कमली नामुराद से मुँह चुराने लगी कि नज़रें मिल गयीं तो राम-राम कहना पड़ेगा और उधारी भी याद आ जायेगी। नामुराद कमली की उपेक्षा पर पेचोताब खाता रहता। कब तक मुझ से दूर-दूर रहोगी, कभी तो पास आओगी जब तंगहाली सताएगी। मेरे पास कुबेर का ख़जाना पड़ा है ना?

शायद कमली ने नामुराद के दिल की सदा सुन ली थी। एक रोज़ उसके क़दमों में आकर बैठ गयी-उकडूँ। आँखों में ढेर-सा काजल लगाया हुआ। लम्बा-सा झाड़ू एक तरफ़ रखा और टुकुर-टुकुर नामुराद को तकने लगी। होठों में हल्की-सी जुंबिश। कुछ कहने के लिए हिम्मत जुटा रही है शायद। इतने में कमली का पति भी टहलता हुआ-सा वहाँ आ गया। नामुराद का दिल धड़का। आज ज़रूर कोई ख़ास बात है। ख़ुदा ख़ैर करे। ख़ैर ही तो नहीं थी। पूरे पचास हज़ार का मसला था। अगर एक-दो रोज़ में रक़म का इन्तज़ाम नहीं हुआ तो अच्छा-खासा प्लॉट हाथ से निकल जाएगा। अफ़सरों का कोई भरोसा नहीं कब यहाँ से खदेड़ दें। उनकी दया पर बैठे हैं।

"इतनी बड़ी रकम?" नामुराद बड़बड़ाया, "अभी पिछला

भी..जानती हो, मैं पेंशनर हूँ। मेरा भी घर-बार है। मेरे पास कहाँ? मान लो कहीं से लाकर दे दूँ तो चुकाओगे कहाँ से? जब हज़ार, दो हज़ार भी नहीं लौटाये जाते...।''

''नहीं, हम एक-एक पैसा लौटा देंगे। खा के नहीं जाएँगे। भले आप प्लॉट के कागज अपने पास रख लेना।''

''सोचूँगा'', दम तोड़ती आवाज़ में नामुराद बुदबुदाया।

रात भर वो अन्तर्द्वन्द्व में गुचकियाँ खाता रहा। पचास हज़ार..किस बूते पर? औरत ज़ात का मुआमला है। कोई गारंटी भी नहीं। दिमाग़ कहता था भागो। दिल कहता था, यही मौक़ा है पकड़ लो। इतनी बड़ी रक़म से एहसान तले दबी रहेगी और कभी त्रिया चरित्र नहीं दिखाएगी।

आख़िरकार नामुराद के दिल की ही जीत हुई। दिमाग़ हार गया बल्कि वो खुद हार गया। ख़ुदा ही मिला न विसाले सनम। पचास हज़ार लेकर, क्या डकारकर कमली ऐसी तोताचश्म बनी कि नामुराद चक्करघिन्नी खा गया। अव्वल तो सामने ही नहीं पड़ती और अगर नज़र आ जाती तो ''काम है, काम है'' का वावेला करती हुई भाग खड़ी होती।

एक-दो क़िस्तें चुकाने के बाद कमली ख़ुद भी 'चुक' गयी। इस बार मेहमान बहुत आ गये। बच्चों के स्कूल की फ़ीस, उनके ड्रेस। अगले महीने जरूर दूँगी। खाएँगे नहीं आपका पैसा। थोड़ा धीरज रखो।

धीरज तो बहुत रखा, रख ही रहा हूँ पर तू ही समझती नहीं है। अरी कमली, पगली। मैं नामुराद हूँ, कुछ समझाकर– नामुराद दिल ही दिल में कहता और अपने आप को कोसता।

जब कमली का त्रिया चरित्र परवान चढ़ने लगा तो नामुराद के तक़ाज़े बढ़ गये--मेरी रकम? ''दे-देंगे। खाकर नहीं भाग रहे हैं।... लगता है, लौटाने की नीयत नहीं है...। नीयत तो तुमरी सही नहीं लगती बाबूजी। सब जानूँ हूँ। मैं ऐड़ी-वेड़ी नहीं हूँ। दे देवांला थोड़ा-थोड़ा करके। बेईमान नहीं। हाँ, देर हो सके है... कमली जब अपनी रंगत में होती तो अपनी मायड़ भाषा पर उतर आती।

नामुराद ठहरा सज्जन पुरुष। उम्र का थका हुआ, सदा का बुज़दिल। उसे मालूम न था कि उसकी म़ामूली-सी चाहत एक दिन ऐसा रंग दिखाएगी। बात बिगड़ न जाए, इसलिए होठों को सी लिया। नामुराद के सामने से कमली बिना राम-राम कहे

धम-धम गुज़र जाया करती और वो अपना-सा मुँह लेकर रह जाता, मगर कब तक? चलो, पैसे न लौटाओ, बात तो करो, पास तो बैठो। ऐसी भी क्या बेरुख़ी। कहाँ तू? कहाँ मैं? फिर भी साली ऐसे तेवर दिखा रही है। झल्ला के फिर तक़ाज़ा बढ़ा दिया।

आख़िर वो दिन आ ही गया जब कमली का पति और तीन गबरू देवर नामुराद के सर पर आ खड़े हुए। सबसे छोटा शायद नशे में था। आँखें लाल भभूका। रोज़ सख़्त चेहरे से घूर-घूरकर देखता था। आज तो आँखों से चिंगारियाँ बरस रही थीं। "क्यों, हमारी भौजाई को तंग करते हो? एक मिनट लगेगा, यहाँ से भागते नज़र आओगे। हमसे पूछ के पैसे दिये थे क्या? क्यों औरत जात से लेन-देन करते हो? क्या नीयत थी आपकी, हम सब समझते हैं। ज़रा अपने बुढ़ापे का तो ख़याल किया होता। ये उम्र है आपकी औरतों पर डोरे डालने की? ख़बरदार! जो आइन्दा कमली को तंग किया तो? कोई लिखापढ़ी है क्या? नहीं देंगे तो क्या कर लोगे?"

चारों भाई मशीनगन की तरह तड़ातड़ गोलियाँ बरसा रहे थे। नामुराद की घिग्घी बँध गयी थी। दूर क्वार्टर के दरवाज़े पर खड़ी कमली कमर पर हाथ रखे गुस्सायी शेरनी की तरह खड़ी थी। उसके नथूने फूल रहे थे। उसके बच्चे कौतुहल से देख रहे थे।

नामुराद हौले से उठा। गरदन झुकाए उन चारों के नरग़े से निकला। उसके पाँव काँप रहे थे। घर पहुँचा तो उसकी रोनी सूरत देखकर बीवी ने पूछा, "क्या हुआ? किसी से झगड़ा हो गया क्या?"

"कुछ नहीं", मरी-मरी आवाज में नामुराद बोला और वो कहता भी क्या? उस वक़्त वो चाहता था कि चाहत के इस मातम में वो फूट-फूटकर रोये, पर बीवी सर पर खड़ी थी।

(2009)

अन्दरख़ाने

साढ़े तीन सौ के स्टाफ़ में जमील अहमद आख़िरी बन्दा था जो इन्साफ़ के मन्दिर व भगवान के घर से रिटायर हो गया। साबिर की मौत अचानक हार्ट फ़ेल हो जाने से पिछले साल हो गयी थी। अब बची साबिर की बेवा साबिरा बेगम और एक रिटायर्ड जज का पोता सदाक़त हुसैन। ये दोनों चतुर्थ श्रेणी कर्मचारी थे जिनका होना, न होना बराबर था। आज़ाद भारत में जहाँ मिनिस्टर और सियासी पार्टियों के बड़े-छोटे ओहदेदारों की कोई औक़ात नहीं होती, वहाँ चतुर्थ श्रेणी कर्मचारी के वुजूद का तो कहना ही क्या! सरकारी नौकरियों में मुसलमानों की हिस्सेदारी दस फ़ीसद भी नहीं है जबकि साठ बरसों में उनकी शिक्षा का प्रतिशत बढ़ा ही है। आला प्रशासनिक पदों सेना, पुलिस, रिसर्च ऑर्गेनाइजेशन, नेशनल सिक्योरिटी गार्ड, जहाँ भी नज़र दौड़ाओ, मुसलमान आटे में नमक से भी कम नज़र आते हैं जबकि देश के बहुसंख्यकों के बाद सबसे बड़े अल्पसंख्यक हैं। एक अघोषित भेदभाव व दुरदुराने का रवैया अन्दरख़ाने चलता रहता है। कहने को भाई हैं। हमारी ही नस्ल के हैं। सदियों से साथ रहते चले आ रहे हैं। एक मुल्क अलग क्या बना, विश्वास और भाईचारे की चट्टान ही खिसक गयी। चन्द राजनेताओं, खाये-पीये नवाबों, ज़मींदारों व जागीरदारों की महत्त्वाकांक्षा व नादूरअन्देशी ने करोड़ों लोगों को बेसहारा व बेआसरा छोड़ दिया।

जमील अहमद जब तक सेवा में था, इन्हीं बातों पर अक्सर भुनभुनाता रहता था। ये अलग बात है कि उसकी नौकरी लगी, तब नेहरू-युग था और भारत सेक्युलर क़द्रों के रथ पर तरक़्क़ी

की दौड़ लगा रहा था और बहुत मुमकिन था कि बहुत जल्द भारत एक मज़बूत मुल्क बनकर उभरता। सही मानो में आज की तरह 'शाइनिंग इंडिया' और 'ग्रोथ रेट' के असन्तुलित रथ पर बैठकर नहीं। वो तो नब्बे के दशक में हिन्दुत्व और जिहादी दहशतगर्दी की ऐसी आँधी चली कि अपने-परायों के बीच खाइयाँ बढ़ती चली गयीं।

भारत में जो कुछ नब्बे के दशक में शुरू हुआ, वो इस इन्साफ़ के मन्दिर में सातवें-आठवें दशक से ही शुरू हो गया था। ये वो दौर था जब इन्साफ़ के मन्दिर के बड़े देवता महाजन हुआ करते थे और काले कोट वाले महाजन पुजारियों की तादाद अन्य पुजारियों से कहीं ज़्यादा थी। चारों तरफ़ जैन का चेन था। फिर देखते-देखते ब्राह्मण युग आया। जिधर देखो, ब्राह्मण ही ब्राह्मण। जब बड़ा देवता एक विशेष जाति का हो तो उस जाति विशेष को ऊपर से नीचे तक फैलने और छाते चले जाने में क्या देर लगती है। जब हाईकोर्ट के चीफ़ जस्टिस एक ब्राह्मण बने तब से ज्यूडिशयरी में ब्राह्मण युग चला गया। दलितों के आरक्षण के बावजूद जब चारों और नियोक्ता ब्राह्मण ही ब्राह्मण हों तो निचली अदालतों में ब्राह्मणों का वर्चस्व क्यों न होगा? व्यास, जोशी, पुरोहित, थानवी के सरनेमों का बोलबाला था। उस भीड़ में जमील व साबिर की क्या औक़ात कि वे अपने पढ़े-लिखे भाई, भतीजों को नौकरी में ला सकें। वे थे, यही ग़नीमत था। फिर देखते ही देखते शायद राजनीति की बदौलत जाटों, विश्नोइयों और अहीरों के घोड़े सरपट दौड़ने लगे, फिर भी स्टाफ़ ब्राह्मण उन पर भारी थे।

जमील अहमद चूँकि ज्युडिशियरी में आने से पहले कुछ अर्से तक एक अखबार के दफ़्तर में काम कर चुका था, दूसरे वो उर्दू, हिन्दी व अंग्रेज़ी की पत्र-पत्रिकाएँ पढ़ने का शौक़ रखता था। इसलिए उसके ज्ञान चक्षु कुछ ज़्यादा ही खुल गये थे। उसके बरअक्स साबिर बहुत तेज़-तर्रार व दुनियादार शख़्स था। महत्त्वाकांक्षी भी। अपने काम में निपुण। नौकरी में रहते हुए उसने एम.ए., एल.एल.बी. की डिग्रियाँ हासिल कर लीं। उसकी योजना थी कि वी.आर.एस. लेकर वकालत के मैदान में कूद पड़े। यों भी उसकी पहचान का दायरा बहुत लम्बा-चौड़ा था। अक्सर लोग उसके पास क़ानूनी सलाह-मशवरे के लिए

आया करते थे। वो उन्हें क़ानूनी पैरवी के ऐसे-ऐसे नुक्ते बताता था कि वकील भी दंग रह जाते थे। वो अक्सर ही वकीलों के चेम्बरों में पाया जाता था या उन अदालतों में जहाँ उसके जान-पहचान वालों के मुक़द्दमे हुआ करते थे। क़ानून-क़ाइदों का जानकार तो वो था ही, ऊपर से ज़बान भी बड़ी तीखी थी। वो मुसलमानों में भी दलित था यानी धोबी। उसके लिबास को देखकर लगता था कि ताजा-ताज़ा लॉण्ड्री से निकल के आया हो। अलबत्ता ज़बान पर गन्दगी रहती थी। माँ-बहन की गाली के बग़ैर बात नहीं होती थी। स्टाफ़ वाले और काले कोट वाले उससे सहमे हुए रहते थे। जजों को वो अपनी एफ़िसियेंसी और हुकुम-हुजूरी से पटा के रखता था। बहुत मुमकिन था, अगर वो वकील बनता तो कामयाब वकील बनकर उभरता और एक मिसाल क़ायम कर जाता, क्योंकि अब तक कोई कामयाब मुस्लिम वकील इस शहर में नहीं देखा गया। मुसलमान मुवक्किल ये समझते थे कि मुसलमान वकील कितना ही होशियार और मेहनती क्यों न हो, वो उनका केस नहीं जीत सकता क्योंकि उसकी सेटिंग नहीं होती। इसलिए वे छोटे से छोटा मुक़द्दमा भी ग़ैर-मुस्लिम वकीलों को देने में अपनी भलाई समझते थे और ये नहीं समझते थे कि अपनी क़ौम के आदमी को आगे बढ़ाने में कुछ रिस्क भी लेना चाहिए। आख़िर ग़ैर-मुस्लिमों में भी जातिवाद ख़ूब चलता था

बहरहाल साबिर के ख़्वाब दिल के झटके के साथ टूट गये। पहली बीवी से निभी नहीं तो दो बच्चों के बावजूद उसे तलाक़ दे दी। (ये अलग बात कि उसने तलाक मानी ही नहीं और अपने बच्चों को लेकर अलग रहने, खाने-पीने लगी)। साबिर को अपने अकेलेपन का कहीं न कहीं तो इलाज करना ही था, सो एक बेवफ़ा से दिल लगाया और दिल पे चोट खायी और यूँ अपनी जान गँवायी। उसके मरते ही पहली बीवी एवज़ी नौकरी हासिल करने आ गयी। इधर साबिर की दूसरी बीवी साबिरा बेगम खुद को असली हक़दार समझ रही थी। बड़े जज साहब ने दोनों औरतों का ख़याल रखा। पहली को ग्रेच्युटी का कुछ हिस्सा देकर ख़ामोश कर दिया और नौकरी की लॉटरी साबिरा बेगम के नाम खुली। साबिरा चूँकि पढ़ी-लिखी नहीं थी इसलिए फोर्थ क्लास में सेट की गयी।

जमील अहमद एक मोटी-सी गँवार औरत को फद-फद करते अक्सर दफ़्तर में आते-जाते देखता था। एक दिन पता किया तो मालूम हुआ, साबिर की बीवी है और एक क़स्बे में पोस्टेड है। एकाएक जमील के दिमाग़ की नसें ग़म व गुस्से से तनतना गयीं। साबिर जैसे तेज़-तर्रार, होशियार और क़ानून पास साबिर की बेवा का ये हश्र्! क़िस्मत भी कैसे-कैसे खेल दिखाती है। आज साबिर ज़िन्दा होता और वकालत कर रहा होता तो इस औरत का कैसा रुतबा होता! चलो, माक़ूल तालीम नहीं थी तो चपरासिन ही बन जाना था, मगर मुख्यालय से बाहर फेंक देना क्या ज़ाहिर कर रहा है। यही कि इसकी पैरवी करने वाला कोई नहीं। स्टाफ़ में कम से कम पन्द्रह-बीस औरतें थीं। मगर उनके तईं नर्म रवैया रखते हुए कभी बाहर तबादला नहीं किया गया। ये पहला मौक़ा था जब एक औरत को, वो भी बेवा और सयानी बेटियों की माँ को उठाकर बाहर फेंक दिया गया। सिर्फ़ इसलिए कि वो मुसलमान थी?

अपनी औक़ात जानते हुए भी जमील अहमद दनदनाता हुआ एस्टेब्लीशमेंट सेक्शन में पहुँच गया लेकिन फौरन ही अपना-सा मुँह लेकर लौट आना पड़ा। जहाँ कुतर्क काम करते हों, जहाँ आपकी औक़ात की वक़अत न हो वहाँ दलील और समान नज़र काम नहीं करती। ये बताया गया कि वेकेंसी बाहर ही थी। फिर प्रशासन के हित में किसी को कहीं भी लगाया जा सकता है। ज़ाहिर है, जमील अहमद को ये जवाब माकूल नहीं लगा, क्योंकि वो खुद मुक्तभोगी था और खुदा-खुदा करके नौकरी के दिन गुज़ारता था। इस इन्साफ़ के मन्दिर में बेहैसियत कर्मचारियों को किस-किस तरह प्रताड़ित किया जाता है, ये वो तीन दहाइयों से देखता आ रहा था।

उस दिन पहली बार साबिरा से उसका डायलॉग हुआ। दोनों एक-दूसरे से अब तक अपरिचित थे। जमील ने साबिर से अपनी नज़दीकी की बातें बतायीं और नाराज़ी भी ज़ाहिर की कि उसे पहले क्यों नहीं बताया गया और ट्रांसफ़र के लिए ज़ोरदार कोशिश क्यों नहीं की? साबिरा ने रुआँसी होकर बताया कि अब तक कई दरख़्वास्तें गुज़ार चुकी है, मग़र कोई सुनवाई नहीं होती। जवान-जहान बेटियों को घर पर अकेली छोड़कर रोज़ सुबह 100 किलोमीटर दूर क़स्बे में ड्यूटी करने जाती है

और शाम को लौट आती है। कभी-कभी रात भी पड़ जाती है। बड़े अरमान से उन्होंने मकान बनवाया था मगर उस जनम ज़लील औरत के गुंडे भाइयों ने पूरे मकान पर क़ब्ज़ा कर रखा है। सर छुपाने को एक कमरा भर उसके पास है। अक्सर धमकियाँ मिलती हैं कि निकाल फेकेंगे। एक आदमी के चले जाने से सौ मुसीबतें आन पड़ती हैं।

जमील अहमद ने उसे तसल्ली दी कि वो उसके लिए कुछ करेगा। आदमी सच्चे मन से इरादा करे तो आप ही आप कोई न कोई राह दिखाई दे जाती है। पास वाले कोर्ट में एक जज साहिबा तैनात थीं जिनके पास साबिर कभी रीडर रह चुका था। भली औरत थीं। अगर वो ज़िला जज से सिफ़ारिश कर दे तो काम बन सकता है। बेहैसियत जमील की तो इस नक़्क़ारखाने में कौन सुनेगा जब कुलिग ही नहीं सुनते। साबिरा की दुखभरी कहानी सुनकर जज साहिबा का दिल पिघल गया। यों भी साबिर का वो बहुत सम्मान करती थीं।

और कुछ ही दिनों में साबिरा अपने घर आ गयी। उसके तबादले का आर्डर हुआ। उस वक़्त प्रशासन का अदृश्य चाबुक 'प्रशासनिक हित' जाने कौन-से बिल में बिला गया? दरअस्ल मुसलमान का नाम सुनते ही ग़ैर मुस्लिमों की भृकुटि तन जाती है। ये लोग अपने दड़बे में क्यों नहीं रहते? क्यों नौकरी करने चले आते हैं? वैसे तो हर सरकारी महकमे में फ़रियादियों को मामूली-मामूली कामों के लिए नाकों चने चबवाये जाते हैं। ख़ैर से अगर वो मुसलमान ख़ासतौर से दढ़ियल-टोपी वाला हुआ तो रवैया तानाशाही बन जाता है। इसीलिए कि मुसलमान चापलूसी के गुर नहीं जानते और हर बात पर 'जी-जी' करते रह जाते हैं।

खुद जमील अहमद को इन्साफ़ के मन्दिर में इन्साफ़ कब मिला था। नौकरी लगते ही उसे 'बाहर' फेंक दिया गया जबकि उसके साथ नियुक्त होने वाले कर्मचारी को उसकी 'विशेष योग्यता' के कारण मुख्यालय पर रखा गया। एक वही नहीं, ऐसे बीसियों कर्मचारी थे जिन्होंने कभी 'बाहर' का स्वाद चखा ही नहीं। दरअस्ल मुख्यालय से बाहर पोस्टिंग को आमतौर पर सज़ा के तौर पर देखा जाता था। हर कोई अपने घर में रहना चाहता था। जमील अहमद अपने घर में रहने की ख़्वाहिश रखता था, तो क्या ग़लत था। अभी उसकी मसें भी नहीं भीगी

थीं। फ़क़त उन्नीस बरस का था। ताज़ा-ताज़ा हाईस्कूल पास किया था। दुनियादारी की ऊँच-नीच से बेख़बर था। वो तो बाप के तानों-कोसनों से बेज़ार होकर उसने नौकरी के लिए फ़ार्म भर दिया था। उसकी इच्छा तो पढ़ाई जारी रखने की थी पर बाप उसे पुश्तैनी धन्धे में झोंकना चाहते थे जिससे उसको एलर्जी थी। सोचा था, नौकरी लगेगी तो पुश्तैनी धन्धे से नजात मिल जाएगी। हुआ तो कुछ ऐसा ही पर उसे क्या पता था कि इस कच्ची उम्र में उसे बरसों-बरस वनवास भुगतना पड़ेगा। छोटा-सा क़स्बा था। कोई अच्छा कारआमद सर्कल न बन सका। उसके सारे सपने और महत्त्वाकांक्षाएँ साल दो साल में दम तोड़ गयीं। शहर में रहकर कॉलेज जाता तो उसका नॉलेज बढ़ता। क़स्बे में वो कूप मंडूक-सा बनकर रह गया। दस बरस बाद कई-कई आवेदनों और सिफ़ारिशों के बाद घर लौटना नसीब तो हुआ, मगर तब तक वो पूरा 'बाबू' बन चुका था। काम की मार से दोहरी कमर और नज़र के चश्मे वाला।

जमील अहमद के दिल की तमन्ना दिल में ही रही कि उसे कभी ऐसी 'सीट' मिले जहाँ वो दो घड़ी सुस्ताकर अपने व अपने भविष्य के बारे में सोच सके। कुछ फ़ैसला कर सके, मगर चालीस साल की नौकरी में वो दिन कभी नहीं आया। जहाँ भी रहा, काम के बोझ से दबा रहा। ओवर टाइम करता रहा। सुबह-चाय नाश्ता करके कोर्ट जाता और बक़ाया काम निपटाता। दिन भर खटता रहता। रात को फिर घोर सन्नाटे में भूत की तरह फ़ाइलों से जूझता रहता। इस पर भी हर वक़्त तबादले की तलवार उस पर लटकी रहती। जज नाखुश रहते। कुलिग खिंचे-खिंचे। जमील अहमद? ये मियाँ यहाँ क्यूँ है? हटाओ। जब भी जमील को सुनगुन मिलती कि तबादलों की फ़ेहरिस्त तैयार हो रही है। उसके पेट में उमड़-घुमड़ शुरू हो जाती। दिमाग़ साँय-साँय करने लगता। दूसरे सब बेफ़िक्र रहते और वो बुरी तरह घबरा उठता। पहुँचवान अपने सीनियरों और सिफ़ारिशी वकीलों की चिरौरी करने लगता कि इस बार किसी तरह बचा लो। बड़ी मुश्किल से सैटल हुआ हूँ। बच्चियाँ सयानी हो रही हैं। उनकी शादी की फ़िक्र है। बिरादरी से दूर निकल गया तो रिश्तों में दिक़्क़त आएगी। बीवी भी बीमार रहती है और मैं वक़्त से पहले बूढ़ा हो चुका हूँ। काश! मैं

कचहरी की नौकरी में न गया होता। यहाँ तो मेरा सब कुछ निचुड़ गया—दिमाग़ तक। अब मैं किसी काम का न रहा। बक़िया नौकरी किसी तरह ख़ैरियत से गुज़र जाए।

कुछ बरसों तक आज़िज़ियाँ रंग लाती रहीं लेकिन जब वो निश्चिन्त हो गया कि अब तबादले की तलवार हट चुकी है, तभी सितारों ने करवट बदली और उसे फिर उठाकर बाहर फेंक दिया गया। वो भी बड़ी अदालत से छोटी अदालत में। या तो परिवार को साथ ले जाओ या फिर अप-डाउन करो। वह अप-डाउन का मतलब तक न समझता था पर जब रेलवे का मासिक पास बना तो अप-डाउन उसे पूरी तरह समझ में आ गया। दो साल में उसकी ये हालत हो गयी कि चौबीसों घंटे उसे ये एहसास रहने लगा कि वो ट्रेन में बैठा है या स्टेशन पर खड़ा ट्रेन का इन्तजार कर रहा है। ट्रेन की सीटी हर वक़्त कानों में गूँजती रहती। क़स्बे के कोर्ट में काम करते हुए भी और रातों को बिस्तर में भी। सर्दियों और बारिशों में आवाजाही की दिक़्क़तें बढ़ जाती थीं। कई बार ऐसा भी हुआ कि शहर आने वाली ट्रेन लेट या कैंसिल हो गयी तो उसे बस या जीप में आना पड़ा।

इस सबका असर उसकी सेहत पर पड़ना ही था लेकिन बीवी पर ज़्यादा असर पड़ा। कमज़ोर तो पहले से थी, अब बीमार रहने लगी। मियाँ की लम्बे समय तक ग़ैर मौजूदगी, अकेलेपन का दंश और बच्चों की चिक-चिक ने उसे तोड़कर रख दिया। ये वही दिन थे जब जमील अहमद के माँ-बाप एक के बाद एक हादसे का शिकार होकर हड्डियाँ तुड़वा बैठे और बिस्तर के हो लिये। यों तो भरा-पूरा परिवार था लेकिन हर कोई बहाने से बूढ़ों की सेवा को टालता रहता और बीवी खटती रहती क्योंकि उनकी ज़बान पर अक्सर 'छोटी बहू' का नाम आता रहता। कमज़ोरी और बीमारी में ये सेवा-भाव बीवी के लिए कोढ़ में खाज साबित हुआ लेकिन वो कर ही क्या सकती थी। जमील अहमद खुद भी क्या कर सकता था—सिवा तबादले के लिए गुहार लगाने के। मगर नौकरी में ये सब होता ही है। जमील न हो, जगमाल ही हो। प्रशासन मातहतों की सुख-सुविधाओं का ख़याल रखने लगे तो चल चुका प्रशासन। प्रशासन को मानवीय व संवेदनशील बनाने की बातें सिर्फ बातों में ही अच्छी लग सकती हैं, व्यवहार में उसका कोई मोल नहीं। वहाँ अफ़सर का मूड, फ़रमान और ऑफ़िस की

कारगुज़ारियाँ ही मानी रखती हैं। नौकरी करना है तो ये सब झेलना ही है–चाहे रोकर, चाहे हँसकर।

जमील अहमद की परेशानी की वजह सिर्फ़ यही नहीं थी कि शहर का आदी हो जाने और गम्भीरता से काम करने और कोई शिकायत न होने के बावजूद और दस बरस का वनवास भुगत लेने के बावजूद उसे फिर बाहर फेंक दिया गया बल्कि ये थी कि पचासों लोग नियुक्ति के दिन से मुख्यालय पर टिके हुए थे और कइयों के पास तो बरसों से 'कमाई' की अच्छी पोस्टें थीं। अगर सब को रोलिंग सिस्टम से दो-दो, तीन-तीन साल के लिए बाहर भेजा जाता तो बाहर भुगतने वालों को शिकायत न रहती। वो किसी तरह इस क़ैदे-मुलाज़मत को भुगत लेते लेकिन प्रशासनिक व्यवस्था में अक्सर उन्हीं कर्मचारियों को भुगतना पड़ता है जिनकी सिफ़ारिश नहीं होती या जिनको 'सोफ़्ट-टारगेट' समझा जाता है।

जमील अहमद भी सोफ़्ट टारगेट था। अभी उसके वालिद को गुज़रे दो माह भी नहीं हुए थे कि उसे अप-डाउन के चक्कर से निकालकर जजशिप के आख़िरी छोर पर भेज दिया गया जो एक रेगिस्तानी व सरहदी इलाक़ा था जिसे कभी 'काला पानी' कहा जाता था। अपनी तमाम दरख़्वास्तों का ये हश्र देखकर वो बिलबिलाया, मगर बड़े जज साहब उसके रोने-कलपने पर भी तटस्थ रहे–पहले ज्वाइन करो, फिर देखेंगे।

जमील अहमद को खूब मालूम था कि ये झूठी तसल्ली है। जिसको करना हो वो सब कुछ कर सकता है। मगर इन्साफ़ व इन्सानियत को बाला-ए-ताक़ रखने की अगर अफ़सर ठान लें तो कर्मचारी को मुत्यु शैया से उठाकर कहीं भी ड्यूटी पर भेजा जा सकता है। दरअस्ल नौकरी में कर्मचारी अपना श्रम नहीं बेचता, अपने आप को बेच देता है। उसके सुख-दुख, उसकी परेशानियाँ, उसकी सुख-सुविधाएँ सब अफ़सर के क़लम की नोक पर रहती हैं। यही नौकरी का अटल नियम है।

नौकरी के चूँकि चन्द ही बरस बचे थे इसलिए जमील अहमद को सरहदी शहर में ज्वाइन करना ही पड़ा। बीवी-बच्चों से दूर वो वहाँ अकेला ही रहता था। अप-ड़ाउन में ये राहत तो थी कि शाम को मुँह दिखाने चले जाते थे। अब तो कई-कई हफ़्तों तक घर से दूर...मजबूर। न खाने का पता, न रहने का ठिकाना।

बावले की तरह घूमते रहना। उम्मीद की एक पतली-सी डोर पर टँगे-टँगे एक बरस गुज़र गया और उस एक बरस में माँ भी चल बसी और बीवी ने बिस्तर पकड़ लिया। बच्चों की बेराहरवी बढ़ने लगी। सबसे ज़्यादा फ़िक्र बड़ी बेटी की थी। बीवी ने कई बार इशारों में बताया कि अब बड़की के हाथ पीले कर देने चाहिए। हर माँ को अपनी बेटी की सही वक़्त पर शादी की फ़िक्र रहती ही है। मुमकिन है, जमील की ग़ैर मौजूदगी में कुछ अप्रिय घटा हो या बीवी को लग गया हो कि अब वो बचेगी नहीं। बीवी साफ़-साफ़ कुछ बताती न थी। जमील जितने रोज़ घर पर रहता, बड़की पर गहरी नज़र रखता मगर उसके हाव-भाव से किसी आशंका का पता नहीं चल पाता था।

जमील अहमद सरहदी शहर में आधा-सा रह गया था। उसकी हालत ग़ैर मिआदी क़ैदी की तरह हो चुकी थी। उस क़ैदी की तरह जिसको ये अहसास हो चुका हो कि अब मरते दम तक उन्हीं सलाख़ों और दीवारों के पीछे रहना है। जिस तरह मौत की सज़ा सुनाये हुए क़ैदी की तरह रहम की हर अपील हर स्टेज पर ठुकरायी जाती रही हो, उसकी दरख़्वास्तें भी 'फ़ाइल' के नोट के साथ फाइल हो जाती रहीं। फिर भी एक झीनी-सी आस के सहारे अपने दिन गुज़ारता रहा। यहाँ तक कि उसके रिटायरमेंट के दिन क़रीब आ गये। जब उम्मीदें बिन बरसात बादल बन चुकीं। तब यकायक आसमान मेहरबान हुआ और वो अपने शहर आ गया।

इन तबादलों ने जमील अहमद को बुरी तरह झकझोरकर रख दिया था। नौकरी की ज़्यादतियों से ज़्यादा ये अहसास उसे सताता था कि उसके साथ ही ऐसा क्यों हो रहा है? बाक़ी सब तो मज़े कर रहे हैं। जब उस पर गृहस्थी की ज़िम्मेदारियों का बोझ बढ़ने लगा तभी उस पर ये गाज क्यों गिरी? इसलिए कि वो बहुसंख्यक तबके का नहीं है? या उसका कोई गॉड. फ़ादर नहीं है या वो इस महकमे में अनवांटेड है? जिस तरह तेरह करोड़ लोग इस मुल्क में कुछ लोगों के लिए अनवांटेड हैं। फिर वे कर्मचारी व अफ़सर जो बाहर नियुक्त हैं वे भी किसी भेदभाव के शिकार हैं। या फिर ये सब ऑफ़िस रूटीन है जिसे अपनी सुख-सुविधाओं के मद्देनज़र वो तिल का ताड़ बना रहा है और सबको शक की नज़र से देख रहा है। अपने मसले को कई-कई

कोणों से सोचने के बावजूद उसके ज़ेहन से ये शक जाता ही नहीं था कि कहीं न कहीं कोई फ़ाँक ज़रूर है जो साफ़-साफ़ दिखाई नहीं देती पर है ज़रूर।

अभी वो ठीक तरह सैटल भी नहीं हुआ था और बड़की के रिश्ते के लिए नये सिरे से दौड़भाग शुरू ही की थी कि एक दिन जब कोर्टरूम खाली हो गया था, जज साहब ने उसे पैनी निगाहों से घूरते हुए उससे चन्द सवालात कर डाले थे—क्या आप पूरे स्टाफ़ में सबसे सीनियर हैं? लॉ ग्रेजुएट हैं? इस कोर्ट में कब से हैं? अब तक कहाँ थे? किस-किस के मातहत काम किया? वो जिला जजशिप की सबसे बड़ी अदालत थी और जज साहब सर्वेसर्वा। जमील अहमद का माथा ठनका। ये सब पूछने का मतलब? अभी आए भी नहीं, दामन सँभाला भी नहीं कि फिर ख़तरे की घंटी। क्या पूजा-पाठी जज साहब उसके नाम व काम से खुश नहीं या सबसे सीनियर को इस पद पर देखना चाहते हैं?

इन ताबड़तोड़ सवालों से जमील का सीना धाँय-धाँय करने लगा। आँखों के आगे अँधेरा-सा छा गया। लंच के दौरान उसने इधर-उधर से सुनगुन ली तो पता चला, कुछ खिचड़ी पक तो रही है। वो बुरी तरह घबरा गया। तबादलों से वो बहुत घबराता था। चार्ज लेने-देने के चक्कर में अधमरा-सा हो जाता था। पुरानी जगह की गफ़लतों को निपटाने व छुपाने तथा नयी जगह पर पिछले कर्मचारी की ग़फ़लतों को समेटने में उसे खूब-खूब मेहनत करनी पड़ती थी। आख़िर को वो इन्सान था। उम्र की ढलान पर अब वो थक चुका था। इसलिए अतिरिक्त बोझ से बचना चाहता था, यह स्वाभाविक था।

इत्तेफ़ाक से वो जज ही बदल गये जो उसे इतना जल्द बदलना चाहते थे। नये जज से तबादले का डर तो नहीं हुआ लेकिन मिजाज़न वो बड़े सख्त थे। उनकी सख्ती तब देखने में आयी जब उसके पेंशन के काग़ज़ात दस्तख़तों के लिए उनके सामने रखे गये। इनकार कर दिया कि पहले एन.ओ.सी. लो फिर दस्तखत होंगे। जमील चाहता था ड्यूटी पर रहते हुए उसकी पेंशन के कागज़ात ओ.के. हो जाएँ और बाद में उसे भटकना न पड़े। चूँकि कोर्ट सबसे बड़ा था इसलिए उसकी लाइब्रेरी भी सबसे बड़ी थी। क़ानून की हज़ारों किताबें, गजट

सर्कुलर फ़ाइलें। किताबें इधर-उधर जाती रहती थीं। कभी कोई वकील ले जाता, कभी जज साहब के घर पड़ी रह जातीं, कभी दूसरी अदालतों में ज़रूरतन मँगवा ली जातीं। इसके लिए बाक़ाइदा इश्यू रजिस्टर था मगर इमरजेंसी में अमूमन स्लिपों व रसीदों से काम चलाया जाता। नतीजतन बहुत सारी किताबें कम पायी गयीं। अब उनकी तलाश शुरू हुई मगर बेसूद। उसने अंडरटेकिंग की पेशकश की मगर इन्साफ़ के मसीहा उसूल पसन्द थे। जो कह दिया वो पत्थर की लकीर। नतीजतन दस हज़ार रुपये का चूना लग गया। खुदा-खुदा करते दस्तख़त हुए और फ़ाइल आगे सरकी।

आप कह सकते हैं कि ऐसा दफ़्तरों में होता ही है, इसमें क्या मुस्लिम, क्या ग़ैर मुस्लिम? लेकिन साबिरा बेगम की बेवक़्त मौत को आप क्या कहेंगे? वो तो बेचारी दुखियारी सीधी-सादी औरत थी। मियाँ न मरता तो काहे को जवान-जहान बेटियों को घर पे तनहा छोड़ के नौकरी के लिए झक्क मारने आती। अभी एक-दो बरस ही हुए थे कि बेचारी पर गाज़ गिरी। एक तो मुसलमान, ऊपर से धोबन? पंडित मजिस्ट्रेट उसके हाथ से चाय-पानी कैसे पीयें? हटाओ, हटाओ, हटा के लगाएँ कहाँ? एक दबंग सरदारनी तैयार हुई। अकेली रहती थीं। मेरे यहाँ लगा दो। यूँ भी नौकरानी की सख़्त ज़रूरत है। जब सरकारी नौकरानी मौजूद है तो निजी नौकर क्यों रखें? सरदारनी मजिस्ट्रेट यूँ तो अकेली रहती थीं पर पंजाब से मेहमान ख़ूब आते थे। स्वभाव भी ठीक-ठाक था। जात-पाँत के नख़रे भी न थे। फिर जाने किसने कान भर दिये या माथा घूम गया। लगी सताने। बात-बात में डाँट-डपट। डबल ड्यूटी। कोर्ट में भी खटो और सुबह व देर रात तक बँगले पर। छूट पंजाबी गालियाँ। मेहमानों के सामने ज़लालत। आख़िर साबिरा बेगम भी एक औरत थी—आम गृहस्थिन। नौकरी के तक़ाज़े वो क्या जाने? ख़ुद अपना घर तो जैसे सराय-सा बन गया। बच्चे अलग हाय-तौबा करने लगे। एक रोज़ मेहमानों के सामने मेमसाब को खरी-खरी सुना दी। मेम साहब के दिमाग़ में बिना मर्द के वैसे भी गर्मी चढ़ी हुई थी। ओहदे का अहंकार तो था ही। जिसने घर की दहलीज़ लाँघने कर कभी ख़्वाबों-ख़याल में भी न सोचा था उसे चोरी के इल्ज़ाम में जेल देखनी पड़ गयी। पुलिस के लिए

साबिरा बेगम के कब्ज़े से ज़ेवरात व शलवार-सूट बरामद करना क्या मुश्किल था। साबिरा के लिए थर्ड डिग्री किसी क़यामत से कम न थी।

जमील ने ही उसके लिए वकील खड़ा किया था और ज़मानत पर छुड़वाया था। साबिरा बेगम को इस हादसे का इस क़दर सदमा हुआ कि उसने दुनिया से ही ज़मानत करवा ली। मुहल्ले के कुएँ में डूब मरी। इस तरह मुस्लिम कर्मचारी का एक विकेट और गिरा। अब रह गया सदाक़त हुसैन। सीधा-सादा गाय जैसा। अपने जज दादा के नाम पर बट्टा लगाने वाला। वो नज़ारत सेक्शन में था।

नज़ारत के कमरे में दरी पर तमाम मज़कूरी अपने-अपने हलक़े के समन व नोटिस लिये बैठे रहते थे। उनका इंचार्ज नाज़िर टेबल-कुर्सी लगाये सुपरवाइज़र की तरह उनके काम की निगरानी किया करता था। उसके सामने एक बड़ा-सा रजिस्टर पड़ा रहता था जिसमें नोटिसों व समनों की आवक-जावक का इन्द्राज किया जाता था। ये अदालती कार्रवाई एक ख़ास हिस्सा था। नज़ारत सेक्शन के ज़रिये ही आसामियों को बुलाया जाता था। मज़कूरियों की बल्ले-बल्ले होती थी। वो चाहे जिसे होते हुए भी 'नामौजूद' कर सकते थे या बिना धामे ही 'लेने से इन्कार' का नोट लगा सकते थे। 'गवाहों' से तस्दीक़शुदा उसकी रिपोर्ट ऊपर अदालतों तक मान्य होती थी।

सदाक़त हुसैन इस 'कारगुजारी' से दूर रहना चाहता था, इसलिए नाज़िर उससे खफ़ा-खफ़ा रहता था और उसे अपने सेक्शन से निकालने की फ़िराक़ में था। सदाक़त के साथी मज़कूरी उसके सीधेपन के कारण जब-तब उसके साथ बेहूदा मज़ाक़ करते रहते थे। उस दिन भी वो मज़ाक़ के मूड में थे और उसके साथ धौल-धप्पा कर रहे थे। अदालत उठ चुकी थी। नज़ारत के कमरे से निकलकर प्रांगण में खड़े थे सब। दो-चार गाएँ और एक-दो साँड़ भी कचरे में मुँह मारने और लगे हाथ 'हल्का' होने के लिए हमेशा की तरह चले आये थे गोया उनकी भी पेशी हो। एक मज़कूरी को जाने क्या सूझी कि सदाक़त की बग़ल में दबा बैग छीनकर हवा में उछाल दिया। धौल-धप्पे के चक्कर में वो बैग की चैन लगाना भूल गया था। बैग के सारे क़ागज़ात पुर्ज़ों की तरह हवा में उठकर प्रांगण में बिखर गये।

वो घबराकर उन्हें समेटने के लिए आगे बढ़ा, तब तक कई अदालती परवाने गायों और साँड़ों के पेट में पहुँच गये थे। ये अनहोनी आनन-फ़ानन हो गयी थी। उनमें कई परवाने अगले एक-दो रोज़ की पेशियों के थे और बहुत ज़रूरी थे। सदाक़त उनकी रसीद नाज़िर को दे चुका था। लिहाज़ा सारी ज़िम्मेदारी उसी की थी। सरकारी काग़ज़ों को खो देना बहुत बड़ा जुर्म था। सस्पेंशन ऑर्डर तो धरा ही था। यों भी उसकी नौकरी अभी पक्की नहीं हुई थी।

नतीजतन कुछ अर्सा बाद सदाक़त को नौकरी से बरतरफ़ कर दिया गया। इस तरह इन्साफ़ के मन्दिर को आख़िरी 'मलेच्छ' से भी पाक-साफ़ कर दिया गया। कह नहीं सकते, ये पाकी-सफ़ाई कब तक क़ायम रहेगी। शायद बरसों तक, शायद सदियों तक या धर्म और जातियाँ बनी रहेंगी तब तक। भारतीय संविधान की मंशा चाहे कुछ भी हो, व्यावहारिक विधान की मंशा यही रहेगी, जहाँ भी हो, जैसे भी हो, अपने-अपने हों।

(2009)

अज़ख़ुद

महेश जी माड़ साब जहाँ भी जाते हैं, समस्याएँ उनके सामने मुँह बाये खड़ी हो जाती हैं पर वो भी एक जीवट आदमी हैं। समस्याओं से जी नहीं चुराते और भरसक कोशिश करते हैं कि जैसे भी हो, समस्याओं का निराकरण किया जाए। विभाग में उनको आदर्शवादी व्यक्ति माना जाता है जबकि वो खुद को आदर्शवादी कहलाना पसन्द नहीं करते। वो कहते हैं कि मैं तो अपना कर्त्तव्य निभा रहा हूँ। सभी को अपना-अपना कर्त्तव्य निभाना चाहिए।

अब तो वो शहर के नज़दीकी गाँव में राजकीय उच्च प्राथमिक विद्यालय के प्रधानाध्यापक थे। दस बरस पहले जब वो उस गाँव में पहुँचे तो यह देखकर हैरान रह गये कि जानवरों के बाड़े में स्कूल लगता था। जहाँ न बिजली थी, न पानी का इन्तज़ाम था। कच्चा-पक्का बाड़ा गोबर की बास से गन्धाता रहता था। पेड़ों की धूप छितरी छाँव में बच्चे पढ़ने के बहाने बैठे रहते थे या इधर-उधर डोलते फिरते थे। स्कूल में दो शिक्षक और एक शिक्षिका थी। उनकी रुचि पढ़ाने से ज़्यादा अपनी घरेलू परेशानियों को सुलझाने में लगी होती थी। शिक्षिका के हाथ में अक्सर ऊन का गोला और बुनाई की सलाई नज़र आती थी। युवा शिक्षक जो तनख़्वाह के लिए नौकरी करते थे, बड़ी उम्र के बच्चों के साथ खेतों-खेतों घूमते और चरते रहते थे। उनका ध्यान उस बस की तरफ लगा रहता था जो स्कूल टाइम खत्म होने से पहले उन्हें शहर पहुँचा देती थी। नौकरी उनके लिए एक बेगारी थी।

महेशजी ने ये रंग-ढंग देखा तो जाते ही। ऐलान कर दिया कि ऐसा नहीं चलेगा। सबको अनुशासन में रहना पड़ेगा। सरकार से वेतन लेते हैं तो मेहनत के साथ चिन्तन भी करना पड़ेगा। साथी शिक्षकों ने उनके ऐलान को हँसी में उड़ा दिया। उनके अनुसार कई आये और कई गये। सरकारी स्कूल तो ऐसे ही चलते हैं और चलेंगे। न बच्चों की पढ़ने में रुचि है, न शिक्षकों को पढ़ाने में। बच्चों के माँ-बाप और अभिभावक तो निश्चिन्तता के साथ अपने काम-धन्धे में लगे रहते थे कि स्कूल चले जाने से शोर-शराबे और हंगामे से कुछ देर के लिए निजात तो मिली। ये भुक्खड़ बच्चे मिड-डे मील भकोसकर आएँगे तो 'माँ रोटी दे' की बेवक़्त रट तो नहीं लगाएँगे। कुल मिलाकर सब अपनी ज़िम्मेदारियों से मुक्त थे।

कुछ ही दिनों में शिक्षकों, सरपंचों, वार्ड पंचों और ग्रामीणों को लग गया कि मास्सब तो कुछ और ही माटी के हैं। दो-तीन माह में महेशजी ने स्कूल की काया ही बदल दी। अब वो जानवरों का बाड़ा नहीं, स्कूल भवन लगता था। जब उनका तबादला शहर में हुआ तो गाँव वालों ने उनके तबादले को रोकने की भरपूर कोशिश की पर सरकारी आदेश के आगे उनकी एक न चली।

अब वे सारी समस्याएँ महेश जी के सामने और भी विकराल रूप में सामने थीं। यह स्कूल शहर के करीबी इलाक़े में था लेकिन ऐसी जर्जर हालत में कि हर वक्त हादसे का अन्देशा लगा रहता था। कहाँ तो उन्होंने सोच रखा था कि शहर में शिक्षा विभाग व ज़िला प्रशासन की नाक के नीचे सब कुछ व्यवस्थित होगा और कहाँ ये आलम कि कोई किसी की सुनता ही नहीं। दीया तले अँधेरा।

महेश जी ने ड्यूटी ज्वाइन करने के बाद साथी अध्यापकों से इस सम्बन्ध में बात की तो सब उदासीन लगे। महेश जी को हैरत थी कि इस जर्जर इमारत में जिसके फ़र्श, दीवारें और छज्जे टूटे हुए हैं, कोने-कतरों में कूड़ा-कबाड़ पड़ा है जहाँ से अक्सर साँप-बिच्छू निकलते रहते हैं। चूहे यहाँ-वहाँ मटरगश्ती करते नज़र आते हैं। बदबूदार सीलन भरे कमरे हैं। दरवाजे-खिड़कियाँ नदारद। उदाई खाई लकड़ी की छत की कड़ियों में चमगादड़ें फड़फड़ाती हैं। दीवारें सफ़ेदी को तरसती

हैं, जहाँ बिजली तक नहीं है, इन अँधेरे कमरों में नन्हे बच्चों के स्वास्थ्य व भविष्य के साथ ये लोग कैसा खिलवाड़ कर रहे हैं। तमाम तरह की सरकारी योजनाओं का यह हश्र? किसी ने इस तरफ ध्यान क्यों नहीं दिया? बड़े अचम्भे क़ी बात है। सरकार की नाक के नीचे और वह भी ज़िला मुख्यालय का यह हाल है तो दूर-दराज़ के स्कूलों का तो कहना ही क्या? ऐसी सरकारें किस काम की जो चाँद पर कमन्द फेंकने के लिए अरबों रुपये स्वाह कर देती हैं और देश के नौनिहालों को बुनियादी सुविधाएँ तक मयस्सर नहीं कर सकतीं। पहले वाले एच.एम. ने कुछ किया क्यों नहीं?

"क्या करते साहब!" स्कूल के एकमात्र क्लर्क ने एक मोटी-सी बोसीदा फ़ाइल महेश जी के आगे करते और तनिक मुस्कराते हुए कहा—"कहीं सुनवाई नहीं होती। समय-समय पर इतने पत्र लिखे जा चुके हैं। इन्सपेक्टर ऑफ़ स्कूल्स और पी. डब्ल्यू.डी. को। भवन चूँकि किराये का है इसलिए पी.डब्ल्यू.डी. कुछ नहीं कर सकती। मकान मालिक भवन ख़ाली कराना चाहता है। वो यहाँ भव्य मार्केट बनाने की जुगत में है। कोर्ट में केस चल रहा है। शिक्षा विभाग के भी हाथ बँधे हुए हैं। कोई कुछ नहीं कर सकता।"

"क्यों नहीं कर सकता? मैं करके दिखाऊँगा।" महेश जी ने ज़ोर से मुक्का मारते हुए कहा। उनके तेवर देखकर एकबारगी तो सब सहम गये। फिर किसी एक किसी के लबों पर मुस्कराहट उभर आयी—नया मुल्ला है, ज़ोर से बाँग दे रहा है।

महेश जी के कमरे से निकलते हुए चतुर-चालाक गणित के युवा अध्यापक ने फुसफुसाकर कहा, "थोड़े दिनों में सारा गणित समझ में आ जाएगा। यह शहर है, गाँव नहीं।"

वाक़ई कुछ ही दिनों में महेश जी को स्कूल का सारा गणित समझ में आ गया, बल्कि कहना चाहिए कि गड़बड़ा गया। उन्होंने जिस उत्साह से जोड़, गुणा, बाक़ी किया, वह अनसुलझा सवाल बनकर रह गया। पत्र गये ज़रूर पर उनका भी वही हश्र हुआ जैसा पिछले पत्रों का हुआ था। कोई उनकी वाजिब शिकायत सुनने को तैयार नहीं था। सबके पास अपने-अपने अगर-मगर थे। तब महेश जी ने अज़ख़ुद पहल करने की ठानी। साथी अध्यापकों ने सलाह दी कि अगर आप ऐसा करेंगे तो

उल्टे फँस जाएँगे। हमारे विभाग में एक से एक परपीड़क बैठे हैं। वे न खुद करना चाहते हैं, न किसी को करने देते हैं। सरकारी विभाग में हर काम नियमों के तहत होता है और नियम जो हैं वे साँप के मुँह की तरह फ़ाइलों के बिलों में से डसने के लिए निकल आते हैं। पाँच बरस पहले उत्साही डी.एन. यादव जी ने पड़ोसियों से चन्दा करके नयी टेबल-कुर्सी मँगवा ली थी तो उन्हें लेने के देने पड़ गये थे और भी कई चेतावनियों से साथी अध्यापक और काइयाँ क्लर्क ने महेश जी को समझाने की कोशिश की थी लेकिन महेश जी अपने फ़ैसले पर डटे रहे। जो होगा, देखा जाएगा। मैं ऐसी जगह काम नहीं कर सकता जहाँ सब उल्टा-पुल्टा हो। कुत्ते भी कहीं बैठते हैं तो ज़मीन साफ़ करके बैठते हैं और हम मनुष्य...तथाकथित सर्वश्रेष्ठ प्राणी? शेम। शेम।।

सबसे पहले तो उन्होंने श्रमदान का सहारा लिया। जहाँ-जहाँ भी कूड़ा-करकट पड़ा था, इकट्ठा करके छात्रों की मदद से नज़दीकी कूड़ाघर में डलवा आये। साथी अध्यापक नाक-भौं सिकोड़ते रहे, हालाँकि उन्हें भी हाथ बँटाना पड़ा। अगले दिन क्या देखते हैं कि एक कारीगर और मज़दूर तगारियाँ, बजरी, सीमेंट, चूना और औज़ार लेकर उपस्थित। टूटी हुई दीवारों और फ़र्श की मरम्मत का काम शुरू। जहाँ-जहाँ बिल थे वे ग़ायब। उससे अगले दिन चूना-पुताई वाले हाज़िर। ये स्कूल है—ज्ञान का घर और यहाँ ऐसी मैली बदरंग दीवारें।...नहीं चलेंगी। मकान मालिक को ख़बर हुई थी दौड़ा चला आया—"अरे, अरे! ये आप क्या कर रहे हैं? मेरी इजाज़त के बग़ैर यहाँ कुछ भी नहीं कर सकते हैं आप। जानते नहीं, कोर्ट में मुक़द्दमा चल रहा है?"

"जानता हूँ, तभी तो मैंने पहल की है।" महेश जी बिना विचलित हुए बोले—"जो काम आपको करना चाहिए था, वो मैं करवा रहा हूँ। शर्म आनी चाहिए आपको। ये बच्चे क्या आपके बच्चे नहीं हैं? इनकी सुख-सुविधाओं का आपको ख़याल नहीं रखना चाहिए था? कितने छज्जे, पत्थर टूट-टूटकर पड़े हुए थे। आपका विवाद सरकार से है। इन बच्चों ने, हम लोगों ने आपका क्या बिगाड़ा है? कल को कोई हादसा हो गया तो?"

"उपदेश देने की ज़रूरत नहीं है। काम रोक दीजिए वर्ना...?"

"वर्ना..क्या?"

''बहुत बुरा होगा।'' मकान मालिक धोती फटकारता और पैर पटकता हुआ चला गया।

महेश जी चिन्ता में डूब गये। कोर्ट का मुआमला है, कुछ भी हो सकता है। हवन करते हाथ जल जाएँगे। मगर इस समस्या का भी ज़रूर कोई न कोई समाधान होगा और वह समाधान उन्हें शिक्षा विभाग के वकील से मुलाक़ात में मिल गया। कोर्ट की धमकी के जवाब में कोर्ट से ही मकान मालिक के नाम आदेश निकल आया कि फ़ौरन आवश्यक मरम्मत करायी जाए और ख़र्च का हिसाब पेश किया जाए जिसका तस्फ़ीया मुक़द्दमे के फ़ैसले के वक़्त किया जाएगा।

मकान मालिक भुनभुनाया, ''ये आपने अच्छा नहीं किया। इसका ख़मियाज़ा आपको भुगतना पड़ेगा।''

''क्या करेंगे आप? मेरा तबादला करवा देंगे। गुंडों से पिटवा देंगे। मैं शिव हूँ, मैं शवों से नहीं डरता।''

मकान मालिक को आख़िर महेश-हठ के सामने हथियार डालने पड़े। हथियार ही नहीं डाले, थोड़ा समझौता भी कर लिया। महेश जी ने देखा कि लोहा गर्म है तो लगे हाथ दरवाज़े और खिड़कियाँ भी लगवा लीं। भले ही लोहे की। मकान मालिक ने हाथ झटक दिये कि लकड़ी के दरवाज़े-खिड़कियाँ बनवाने की उनमें सामर्थ्य नहीं है और यूँ भी ये फ़जूल ख़र्च है। कल को फ़ैसला मेरे हक़ में होगा तो स्कूल कहीं और शिफ़्ट होगा ही होगा।

थोड़े ही दिनों में स्कूल का कायाकल्प हो गया। हर चीज़ क़रीने से जगह ठिकाने पर। फ़र्श हमवार, दीवारें चमकती हुईं। उन पर महापुरुषों के सुभाषित वाक्य। मेज-कुर्सियाँ मरम्मतशुदा, साफ़-सुथरे बोर्ड, चॉक, डस्टर, सब हाज़िर। पीने के लिए साफ़ पानी, कहीं गन्दगी का ढेर नहीं, न आवारा जानवरों, कुत्तों-गायों का बेखटके प्रवेश, साफ़-सुथरे टॉयलेट। यहाँ तक कि मिड-डे मील की गड़बड़ियों की भी ख़बर ली गयी। एनजीओ के ठेकेदार और इंचार्ज गणित के अध्यापक की मिलीभगत और अव्यवस्था के बारे में खिंचाई की तो बच्चों को सही समय पर पौष्टिक खाना मिलने लगा। यहीं से महेश जी के ख़िलाफ़ षड्यन्त्र की शुरुआत होने लगी। साथी अध्यापक एच.एम. की हठधर्मिता और कठोर अनुशासन से पहले ही छटपटा रहे थे, अब उनके

ख़िलाफ़ शिकायतें करने में एकजुट हो गये। एनजीओ का ठेकेदार भी कम घाघ नहीं था। ऊपर से गणित अध्यापक का साथ। मकान मालिक पहले ही ख़फ़ा था क्योंकि पहली बार ऐसा एच.एम. देखा जो उससे डरा नहीं, बल्कि कोर्ट के आदेश से उसे झुकने के लिए मजबूर कर दिया।

गिरधारी—स्कूल का अधेड़ चपरासी अलबत्ता हेड मास्साब से थोड़ी सहानुभूति रखता था। फ़ुर्सत के पलों में वो महेश जी को समझाने की कोशिश करता कि क्यों आप पचड़े में पड़ते हैं? जैसा चल रहा है, चलने देते। आप तो अपनी समझ से अच्छा ही कर रहे हैं लेकिन अपने यहाँ उसूल वाले आदमी को कोई बर्दाश्त नहीं करता है। आपको शायद मालूम नहीं, आपको फँसाने की हेड-ऑफ़िस में साज़िश चल रही है। ये जो सारे लोग 'जी सर, जी सर' कहते रहते हैं, आपके पीछे सर जोड़कर खुसर-पुसर करते रहते हैं। मेरी तो क्या औक़ात है। छोटा मुँह बड़ी बात...। मेरी मानिए तो छोड़िए ये सब। आप पढ़े-लिखे हैं, बेहतर समझ सकते हैं। ऐसे साज़िशी माहौल में कोई आदमी कैसे चैन से बैठ सकता है।

गिरधारी की बात सच निकली। अगले दो रोज़ में महेश जी को अनुशासनात्मक कार्रवाई का नोटिस मिल गया। पूछा गया कि आपने अपने अधिकार क्षेत्र से बाहर निकलकर, विभाग की अनुमति के बिना, उसे अँधेरे में रखकर अज़ख़ुद सारे काम क्यों करवाये? उसी रोज़ हें-हें करते हुए गणित के अध्यापक का घोड़ेनुमा चेहरा एच.एम. के कमरे में हिनहिना रहा था, "सुना है, विभाग से आपके नाम परवाना आया है।" क्या ज़माना है, अच्छे काम करने वालों को कोई बर्दाश्त नहीं करता। सब जलते हैं। बजाय एप्रिशियेट करने के यूँ हड़काते हैं। पर सर...आप घबराइए मत। हम सब आपके साथ हैं।

महेश जी ने दाँत भींचते हुए सर्द आँखों से उन्हें घूरा। प्रतिवाद में एक शब्द नहीं। गणित के अध्यापक उनकी सर्द आँखों की ताब न ला सके और उल्टे पाँव लौट गये। महेश जी ने उन्हें बैठने तक के लिए नहीं कहा था।

स्कूल साफ़-सुथरा और व्यवस्थित ज़रूर हो गया था, लेकिन महेश जी महसूस करने लगे थे कि वातावरण दिनोंदिन बोझिल होता जा रहा है। उन्होंने नोटिस का जवाब दिया तो

जरूर लेकिन डरते-डरते। न चाहते हुए भी उन्होंने अब तक के हालात का दोष विभाग के मत्थे मँढ़ दिया। नतीजतन फ़ौरन ही दूसरा नोटिस मिला—अभद्र, अकार्यालयिक और अनावश्यक भाषा का इस्तेमाल करके आपने अधीनस्थता का उल्लंघन किया है। जवाब दीजिए।

अभिमन्यु की तरह इस थोथी महाभारत के चक्रव्यूह में महेश जी घिरते जा रहे थे और उस दिन तो उनकी आँखों के आगे अँधेरा छा गया जब मकान मालिक मूँछें ऐंठता कोर्ट अमीन के साथ भवन ख़ाली करवाने आ धमका। महेश जी को ख़बर भी न हुई कि दो माह पहले कोर्ट से मकान मालिक के हक़ में फ़ैसला हो चुका था और भवन ख़ाली करने के लिए दिया गया दो माह का समय भी निकल गया था। विभाग वालों ने ऐसी उदासीनता बरती कि समय पर अपील भी न पेश की जा सकी। मकान मालिक ताक में था ही। विभाग के अधिकारियों व कर्मचारियों को न भवन की चिन्ता थी, न छात्रों व अध्यापकों की। उन्हें तो बस महेश जी को सबक़ सिखाना था। सरकारी महकमों में अज़ख़ुद पहल करने का यही अंजाम होता है। यथास्थिति क़ायम रखने, टालमटोल करने, मक्खी पर मक्खी बैठाने और फ़ाइल आगे सरकाते रहने से ही इनको सरोकार होता है। बस, कागज़ों में सब ठीक ठाक होना चाहिए। इनसे निकलकर ज़्यादा जोश दिखाओगे या अपना वास्तविक कर्त्तव्य पूरा करने की ठानोगे तो ग़च्चा खा जाओगे। सरकारी कार्यालयों का ये अलिखित नियम है।

हालाँकि यह एक विभागीय मामला था। महेश जी का इस सारे एपिसोड में निजी कुछ भी न था सिवा मेहनत और जुनून के। फिर भी उन्हें लग रहा था कि बड़े अरमान से बनाये गये घर से उन्हें बेदख़ल किया जा रहा है। कोर्ट के चपरासी, मकान मालिक के मज़दूर और गिरधारी टेबल, कुर्सियाँ, बेंचें, टाट, चार्ट, ब्लैक बोर्ड, पानी के मटके, जरीकेन, छोटी-बड़ी अलमारियाँ भवन के बाहर ला-लाकर ढेर कर रहे थे। महेश जी, साथी अध्यापकगण और क्लर्क नैराश्य भाव से ढेर की जा रही चीज़ों को तक रहे थे। गिरधारी ने छुट्टी की घंटी बजा दी थी। छात्र कुछ समझते और कुछ न समझते 'हो-हो' करते हुए जा चुके थे।

"एच.एम. साहब!, आप न अतिरिक्त उत्साह दिखाते न

ये नौबत आती," एक टीचर किसी को न सम्बोधित करते हुए बुदबुदाया। महेश जी ने गहरी नज़र से उन्हें देखा। पास ही खड़ा मकान मालिक व्यंग्य से मुस्करा रहा था जैसे कह रहा हो—और लो पंगा। महेश जी ने बोझिल आवाज में उसे कहा, "क्या आप वैकल्पिक व्यवस्था तक रुक नहीं सकते थे?"

"आप रुके थे क्या? मैंने कहा नहीं था कि कोर्ट में केस चल रहा है, पर आपको तो उतावली थी। कुछ कर गुज़रने की धुन समायी थी। आपके घर का मामला तो था नहीं। फिर इतना इंटरेस्ट लेने की क्या ज़रूरत थी? आपके पहले भी तो कई हेड मास्टर आये और चले गये।"

"किसी को तो पहल करनी थी" हौले से बोले महेश जी। उनके दर्द व जुनून को समझना व्यवसायी मकान मालिक के बूते की बात न थी।

"अरे! ज़रा सँभाल के। ये हेड मास्साब की दुनिया है—ग्लोब। कहीं टूट-बिखर न जाए।" मकान मालिक ने गिरधारी को टोकते हुए कहा जिसके हाथ से प्लास्टिक का ग्लोब फिसल पड़ने को था। इस व्यंग्य पर महेश जी ने सख़्ती से दाँत भींच लिये।

कोर्ट के लोग दोपहर में आये थे और अब शाम के साये फैल रहे थे। साथी अध्यापक एक-एक कर जा चुके थे। सारा सामान बाहर आ चुका था। था ही कितना? मुख्य द्वार पर ताला लग गया था। महेश जी भटके हुए मुसाफ़िर की तरह खोये-खोये-से खड़े थे कि क्लर्क ने क़रीब आकर पूछा, "लोडिंग टैक्सी आ गयी है सर! क्या सामान लोड करा दें?"

महेश जी चौंककर क्लर्क, गिरधारी और सड़क पर खड़ी टैक्सी की तरफ़ देखा और बोले, "ओह-हाँ! लोड तो करवाना ही है पर ले जाओगे कहाँ? और उन निकम्मे अफ़सरों को कहाँ लोड करवाओगे? ठहरो, मैं फ़ोन करता हूँ...।"

(2009)

अल्लाह का टैक्स

वे तीन जने थे जो सुबह ही हाजी मोदीजी के दरवाज़े पर पहुँच गये थे। तीनों घुटनों के नीचे लम्बे कुर्ते पहने हुए थे। दो ने टख़नों से ऊपर तंग पाजामा पहन रखा था और तीसरे ने चौकड़ीदार तहमद। तीनों के सर पर सफ़ेद गोल टोपियाँ। एक के हाथ में रेगजीन का एक फूला-सा बैग भी था। उसने आँखों पर पुराने तर्ज़ का चश्मा चढ़ा रखा था।

हाजी मोदीजी जो किसी ज़माने में कम्पोज़िटर थे, आज एक बड़े ऑफ़सेट प्रेस के मालिक थे। ईदगाह परिसर में 'मुबारक मंज़िल' उन्हीं की थी। नीच प्रेस, ऊपर रिहाइश। मुबारक मंज़िल में अभी चहल-पहल शुरू नहीं हुई थी। घंटी बजाने पर हाजी मोदीजी ने पहले खिड़की से झाँका, फिर सीढ़ियों से उतरते हुए दरवाज़े पर आ गये। मुलाज़िम अभी आये नहीं थे इसलिए दरवाज़ा उन्हें ही खोलना पड़ा।

हाजी मोदीजी ने सवालिया निगाह से उनकी तरफ़ देखा हालाँकि उन्हें कुछ पूछने की ज़रूरत नहीं थी। रमज़ान का महीना था और मदद चाहने वालों का वहाँ ताँता लगा रहता था। जिन कुछ क़ौमी भाइयों ने अपनी मेहनत व लगन से थोड़ी-बहुत अपनी हैसियत बना ली थी, उनकी ख़बर अगरबत्ती की ख़ुशबू की तरह यहाँ-वहाँ फैल जाती थी। मोदीजी का तो शहर में बड़ा नाम था। सख़ी तो वो थे ही। किसी सायल को ख़ाली हाथ नहीं लौटाते थे। हज करने के बाद वो कुछ और उदार हो चले थे। उनके दोनों फ़र्माबरदार बेटों ने कारोबार सँभाल लिया था और

मोदीजी अपना ज़्यादा वक़्त नमाज़ों और धार्मिक पुस्तकें पढ़ने में गुज़ार रहे थे। हालाँकि प्रेस में भी वो जब-तब घूमते रहते थे। कुछ पुराने क्लाइंट और मिलने-जुलने वालों से मुलाक़ात के लिए कुछ देर के लिए ऑफ़िस में बैठते फिर चले जाते। इधर उनके मामूल और सोच में कुछ फ़र्क़ आ गया था, जब से उन्होंने 'रोज़गार घर' खोला था जहाँ बढ़ईगीरी, सिलाई, बुनाई और इसी तरह से पेशेवर काम सिखाये जाते थे। ख़ासतौर से उन नौज़वानों को जो माँगने को ही अपना पेशा समझते थे। दीनी और दुनियावी तालीम का एक इब्तिदाई स्कूल भी खोल रखा था। इसका फ़ायदा ये हो रहा था जो अँगूठा छाप थे वे दस्तख़त करना और थोड़ा बहुत पढ़ना सीखने लगे थे। इन कामों के लिए उन्हें मुलाज़िम रखना पड़े। इस सारे बन्दोबस्त में उनका काफ़ी रुपया ख़र्च हो रहा था और मज़ीद की ज़रूरत थी। उन्होंने फ़ैसला किया था कि आयन्दा ज़कात व ख़ैरात का पैसा इस नेक काम में ख़र्च किया करेंगे।

इन तीन आगन्तुकों की इसकी ख़बर नहीं थी। इसलिए वे बड़ी रक़म की रसीद कटवाने की उम्मीद में बड़े खुश दिखाई दे रहे थे, लेकिन उनकी खुशी दूध के उफ़ान में पानी का छींटा पड़ने की तरह फ़ौरन बैठ गयी और उनके दाढ़ियों वाले चेहरे लटक गये।

"हमने आपका बड़ा नाम सुन रखा था। बड़ी उम्मीद लेकर आये हैं।" फूले हुए बैग वाले ने आज़िज़ी से कहा—"गाँव में मस्जिद की तामीर का काम चल रहा है। पचास फ़ीसद हो चुका है। अल्लाह ने चाहा तो बड़ी आलीशान मस्जिद होगी।"

मस्जिद के नाम पर मोदीजी की भवें तन गयीं। आजकल जिसे देखो, मस्जिद के लिए चन्दा माँगने चला जाता है। नमाज़ें चाहे न पढ़ेंगे, मस्जिद ज़रूर बनवाएँगे, ऊँचे-ऊँचे मीनारों वाली जैसे मीनारों पर चढ़कर खुदा के पास पहुँच जाना चाहते हैं। मोदीजी ने पहले नर्मी से कहा कि उन्होंने मस्जिदों व मदरसों के लिए चन्दा देना बन्द कर दिया हैं। जब वो नहीं माने और हुज्जत करने लगे कि ये दीन का काम है। आख़िर आपको ज़कात भी निक़ालनी है। ऐसे नेक काम में ज़कात का पैसा लगाएँगे तो उसका सवाब ताक़यामत जारी व सारी रहेगा।

दीन-धर्म के नाम पर चन्दा वसूल करने वालों में एक ऐब

ज़रूर होता है कि वो सामने वाले को बिल्कुल जाहिल समझते हैं और उसे अल्लाह व रसूल और कुर्आन व शरीअत के हवाले दे-देकर इस तरह क़ाबू में करने की कोशिश करते हैं कि अगला आदमी सोचने लगता है कि कहीं इनकार कर देने से वो किसी बड़े गुनाह का सज़ावार न हो जाए। धर्म के मामले में कठोर से कठोर आदमी भी थूक निगलने लगता है। धर्म आदमी को भीरु बना देता है लेकिन जब कोई शख़्स माकूल स्टडी के बाद कोई फ़ैसला करता है तो उसे कोई डिगा नहीं सकता। हाजी मोदीजी कुछ ऐसे ही बन चले थे या तो फ़ैसला करो मत और अगर करो तो उस पर अटल रहो।

बड़ी हुज्जतों के बाद भी आख़िरकार तीनों को मोदीजी के दरवाज़े से मायूस होकर लौटना पड़ा। वो लौट तो गये लेकिन बात शहर में फैल गयी कि मोदीजी ने ज़कात देना बन्द कर दिया है। एक सख़ी का कंजूस बन जाना किसी को क़बूल न था। मुआमला इन तीनों का ही नहीं था और कई लोग थे जिन्हें मोदीजी के काशाने से ख़ाली हाथ लौटना पड़ा। ख़ाली हाथ भी नहीं कह सकते। मोदीजी ने ज़कात-ख़ैरात माँगने वालों के सामने ऐसी तजवीज़ें रखना शुरू कर दीं जिसे सुनकर वो उल्टे पाँव भग्ग खड़े हुए। ऐसा कभी देखा न सुना। ये सेठ तो कहता है, हमारे रोज़गार घर में जाओ। हट्टे-कट्टे हो। कुछ पेशेवरी का काम सीखो। कमाओ भी और शान से जीयो भी। माँगने वालों पर खुदा की लानत बरसती है।

एक शख़्स ने तुर्की-ब-तुर्की जवाब दे डाला, "अजी जनाब। माँगना कोई हँसी-खेल नहीं है। इसमें बड़ी मेहनत पड़ती है। कभी हमारे साथ चलकर देखिए, कितनी ज़िल्लत उठानी पड़ती है। अल्लाह ने आपको नवाज़ दिया है तो बड़ी-बड़ी बातें करने लग गये हैं। ज़रूरत न हो तो कोई क्यों किसी के दर पर जाए। माँगना और मरना बराबर है।"

"जब तुम खुद को मरा हुआ मानते हो तो फिर तुम से क्या बात करनी? मैं मुर्दों से बात नहीं करता।" सायल के मुँह पर ही दरवाज़ा खटाक से बन्द।

ईदगाह के पेश इमाम को ऐसी बातों की ख़बर कैसे न लगती। रमज़ान में ईमान ताज़ा करने वाली मोटी-पतली किताबों को परे सरकाकर, अपने हुजरे से निकले और मोदीजी के दफ़्तर

में पहुँच गये, "ये मैं क्या सुन रहा हूँ?"

"क्या?" जानकर अनजान बनते हुए मोदीजी ने पूछा।

"आप अल्लाह के बनाये हुए क़ानून में छेड़छाड़ कर रहे हैं। सुना है इस बार आप ज़कात अदा नहीं करेंगे। ख़ैरात भी नहीं देंगे। सारा पैसा रोज़गार घर में लगाये दे रहे हैं। ये तो सरासर दीन के ख़िलाफ़ मुआमला है। आपको मालूम ही होगा, ज़कात कहाँ लगती है, कहाँ नहीं? दीन में मनमानी नहीं चलती है।"

मोदीजी घबराये बिना कहने लगे, "मैं ज़कात का पैसा क़ौम की भलाई पर ख़र्च कर रहा हूँ। इसमें ग़लत क्या है? अब तक होता ये रहा है कि जितना पैसा निकलता है वो मस्जिदों, मदरसों, यतीमख़ानों, वेल्फ़ेयर सोसाइटियों और ग़ैर ज़रूरतमन्दों में बाँट दिया जाता है। ज़कात का अस्ल मक़सद तो फ़ौत हो के रह गया है कि जो दबे-कुचले हैं, महरूमियों में ज़िन्दगी गुज़ार रहे हैं, भूखों मर रहे हैं, उनकी मदद करके राहत दी जाए। उन्हें मज़बूत करके मुख्य धारा में लाया जाए। जबकि ये पैसा फ़ज़ूल ख़र्च किया जाता है। चूना-ईंट गारे में, थोथी शान-शौकत बताने में, छोटे-छोटे मासूम बच्चों को दुनिया-जहान से बेख़बर रखकर कूप मंडूक बनाने में...।"

"तौबा, तौबा!" पेश इमाम ने दोनों कल्लों पर हथेलियाँ रखीं..."ये आप कैसी बातें करने लगे हैं। ग़ैर मुस्लिमों के साथ मुआमला करते-करते आपकी सोच बदलने लगी है। मदरसों में क्या कुएँ के मेंढक तैयार किये जाते हैं? इबादत के लिए अल्लाह का घर बनाना आपके नज़दीक फ़ज़ूल है? यतीमों, बेवाओं की मदद करना ग़लत है? आप जैसे समझदार और दीनदार शख़्स से ऐसी वाहियात बातों की उम्मीद न थी।"

हाजी मोदीजी ने अपनी क़रीने से तराशी हुई दाढ़ी पर हाथ फेरते हुए कहा, "गोया आप कह रहे हैं मैं वाहियात बातें करता हूँ? ज़कात का पैसा नेक मस्रफ़ में लगाना गुनाह है?"

पेश इमाम साहब को भी तैश आ गया। उन्होंने अपनी झाड़-झंखाड़ दाढ़ी में मोटी उँगलियाँ खुभोयीं। टोपी दुरुस्त की। चोले की बाँहें बढ़ा लीं और आँखों के डोलों को तेज़ी से दायें-बायें घुमाते हुए ज़कात की अहमियत व ज़रूरत को कुर्आन व हदीस की रौशनी में बयान करने लगे। मोदीजी चुपचाप सुनते रहे क्योंकि ये वही बातें थीं जो वो पहले से

जानते थे कि इस्लाम में पाँच रुक्नों में ज़कात भी फ़र्ज़ है। जो साहिबे-हैसियत है, उसे हर साल ख़ासतौर से रमज़ान में अपने माल का ढाई फ़ीसद ज़कात के तौर पर अदा करना ही करना है। ये अल्लाह का टैक्स है। जो इसे अदा नहीं करेगा, क़यामत के दिन उससे हिसाब पूछा जाएगा और दुनियावी माल साँप बनकर उसे डसा करेगा। ज़कात न देने वालों के लिए ख़ौफ़नाक सज़ाएँ मुकर्रर हैं।

"एक मिनट!" मोदीजी ने शहादत की उँगली उठाकर उन्हें रोका, "जो मुसलमान नहीं हैं उनके साथ क़यामत के रोज़ क्या मुआमला होगा?"

"मुआमला क्या होगा, वे सीधे जहन्नुम में धकेले जाएँगे और अपने किये की सज़ा पाएँगे।"

"गोया आप कहना चाहते हैं कि ख़ुदा सिर्फ़ मुसलमानों का है। फिर वो ख़ुद को रब्बुल-आलमीन क्यूँ कहता है। बात दरअस्ल ये है मौलाना साहब, हर मज़हब वाला अपने पैरोकारों को सीधे रास्ते पर क़ायम रखने के लिए तरह-तरह के हीलों से डराता है। डर मज़हब का दूसरा नाम है।"

"लाहौल विला क़ुव्वत!" पेश इमाम कानों की लवों को छूते हुए बोले, "आप कुफ्र बकने लगे हैं। आप पर शैतान का साया पड़ गया है। मुझे मालूम न था कि आप अपनी ख़ामोशी के अन्दर इतनी गलाज़त रखते हैं। हम तो आपकी बड़ी इज़्ज़त करते थे। पिछले बरस तक तो आप ऐसे न थे।"

मोदीजी मुस्कराये, "जब जागे तभी सवेरा। दरअस्ल मौलाना साहब, ज़कात अदा करने में कुछ ग़लत नहीं। दौलत की सही तक़्सीम होनी चाहिए। ये इस्लाम ही नहीं, कम्युनिज़्म भी कहता है, पर उस तक़्सीम का जायज़ इस्तेमाल तो हो। चौदह सदियों से ये हो रहा है कि हम ख़ुलूस से या मजबूरी से ज़कात बिना सोचे-समझे तक़्सीम किये जा रहे हैं कि फ़र्ज अदा हो गया। आप बताइए, सही मस्रफ़ कहाँ है? ज्यादातर तो पेशेवर माँगने वाले लूट ले जाते हैं। हक़दार तक ज़कात पहुँचती ही नहीं है। ज़कात को छोड़िए। आप बताइए ये जो लाखों-करोड़ों रुपये मन्दिरों में, दरगाहों में चढ़ावे के तौर पर दान-पुण्य और सवाब के नाम पर जमा हो रहे हैं उनका मज़ा तो मुफ़्तख़ोर लूटते हैं। यही पैसा क़ौम और मुल्क की तरक़्क़ी के कामों में सर्फ़ किया

जा सकता है, मगर मज़हब और अक़ीदे के आगे सब अन्धे बन जाते हैं। रिलीजन लोगों को मेस्मेराइज कर देता है।''

'मेस्मेराइज' के नाम पर पेश इमाम आँखें झपकाने लगे। कहीं ये शख़्स अपनी इंग्लिशदानी पर न उतर आये। इंग्लिश से इमाम को घबराहट होती थी जिस तरह शुद्ध हिन्दी से। जबकि खुद जुमे की नमाज़ के पहले अपनी जोशीली तक़रीरों में अरबी उर्दू-फ़ारसी के भारी भरकम लफ़्ज़ों का धड़ल्ले से इस्तेमाल करते थे, चाहे सुनने वाले उनके मानी व मतलब समझते भी हों या नहीं? जब माक़ूल तालीम ही नहीं है तो समझेंगे कैसे? आम ग़ैर मुस्लिम संस्कृत के श्लोक समझते हों तो मियाँभाई अरबी की आयतें समझेंगे। बस, हिल-हिल के पढ़ते जाओ, रब के गुण गाये जाओ।

पहली बार पेश इमाम ने हाजी मोदीजी पर हिक़ारतभरी नज़र डाली और वो जो मालदारी का उन पर रौब था, वो उनके ज़ेहनो-दिल से यकलख़्त निकल गया। बहस लम्बी चल सकती थी, लेकिन कुछ शान-शौकत वाले कस्टमर आकर बैठ गये तो इमाम साहब को उठ जाना पड़ा। कोई बात नहीं, नमाज़ के वक़्त इस भटके हुए शख़्स की क्लास लेंगे। जाएँगे कहाँ? आखिर को हमारे हुजूर ही आना पड़ेगा।

ज्यों-ज्यों रमज़ान के दिन गुज़रते जाते थे, माँगनेवालों का ताँता बढ़ता जाता था और इसके साथ ही हाजी मोदीजी की यू-टर्न लेने की ख़बरें फैलती जा रही थीं। एक शख़्स जो कि हाजी साहब से कीना रखता था, जो कभी उनका साझीदार था, अब उसने अपना अलग प्रेस क़ायम कर लिया था। ख़ैर से उनका रिश्तेदार भी था, उन्हें नीचा दिखाने के लिए ख़म ठोंककर एकाएक मैदान में आ गया। पहले भी उनके स्थायी ग्राहक तोड़ने में अपनी कारस्तानी दिखाता रहा था। अब उनकी इज़्ज़त और वक़ार को ख़ाक में मिलाने के दर पे आ गया। पहुँच गया एक सवालनामा लेकर मुफ़्ती-ए-आज़म आफ़ाक़ हुसैन साहिब के दारुल उलूम रहमानिया में कि—क्या फरमाते हैं उलमा-ए-दीन, शरअ-ए-मतीन इस मस्अले में कि एक शख़्स जो खुद को दीनदार समझता है, रोज़े-नमाज़ का पाबन्द और हाजी है, उसने ज़कात का पैसा अपने ही मस्रफ़ में लेना शुरू कर दिया है। उसने एक रोजगार घर बना रखा है जहाँ वो ग़रीब, नादार व बेरोज़गार की मदद के नाम पर पेशेवर काम सिखाने का बहाना करके और बच्चों को ग़ैर

मुस्लिमाना तालीम दिलाने का ढोंग करके ज़कात को हड़प रहा है। इस मुआमले में शरई हुक्म क्या है? ऐसा शख़्स जो दीन में अपनी नयी राह निकालता है, क्या उसे बेदीन कहेंगे? क्या उसे इस्लाम से ख़ारिज समझना चाहिए? बराहे-करम शरीअत की रौशनी में फ़तवा सादिर फ़र्माया जाए।

मुफ़्ती-ए-आज़म जो आज से पचास-साठ साल पहले मुदर्रिस बनकर यू.पी. के किसी गाँव से इस शहर में वारिद हुए थे, बहुत ज़ईफ़ हो चुके थे। अक्सर बीमार भी रहते थे, लेकिन पिछले इन बरसों में उन्होंने कड़ी मेहनत और ख़ुदादाद सलाहियत से पूरे सूबे में दारुल उलूम रहमानिया को एक पुख़्ता इदारे की शक्ल में खड़ा कर दिया था। दूर-दूर तक उनकी शोहरत थी। दारुल उलूम ऐसी फ़ैक्टरी थी जहाँ से निकले हुए तालिबे-इल्म शहर और गाँवों-क़स्बों की मस्जिदों में इमाम या मुदर्रिस बन-बनकर जाया करते थे और मुफ़्ती साहब के हाथ मज़बूत करते थे। ये और बात थी कि कुछ अर्से बाद उन्हें माली महरूमियों का एहसास सताने लगता था लेकिन किसी तरह बर्दाश्त कर लेते थे कि इसी बहाने दीने-इस्लाम की ख़िदमत कर रहे हैं। गाँवों व क़स्बों में शहर के मुक़ाबिल क़द्र ज़्यादा थी। यही ग़नीमत थी।

मुफ़्ती साहब को जब ये मालूम हुआ कि वो शख़्स और कोई नहीं, अपने हाजी मोदीजी हैं तो वो तरद्दुद में पड़ गये। हाजी साहब ने वक़्तन-फ़वक़्तन दारुल उलूम को बड़ी रक़मों के अतिये दिये थे। ज़ाती तौर पर भी मुफ़्ती साहब की एकाध बार मदद की थी। उनके दिल में हाजी साहब के लिए बड़ी क़द्र थी। अब ये पेचीदा मसला उनके सामने आ पड़ा था। मुआमला शरीअत और मुहब्बत के बीच अटक गया था। ख़ैर! मुफ़्ती साहब ने इस दश्त की सय्याही में लम्बी उम्र गुज़ारी थी। सो, सवाली को चन्द रोज़ बाद आने के लिए कहकर चलता किया और उसके जाने के बाद अपने नायब के ज़रिए हाजी मोदीजी को फ़ोन करवाया कि हम आपसे मिलना चाहते हैं, मगर कमज़ोरी इस क़दर बढ़ गयी है कि कहीं निकलना नहीं होता है। क्या आप कुछ वक़्त निकालकर दारुल उलूम आ सकते हैं?

हाजी साहब का माथा ठनका। उन्हें कुछ भनक लगी तो थी कि ख़ालिद मियाँ इधर कुछ ज़्यादा ही उछल-कूद कर रहे हैं

और कोई सवालनामा लेकर दारुल उलूम गये हैं। पर क्या मुआमला हो सकता है। खालिद के छोटे भाई माजिद के रिश्ते के लिए तो उन्होंने दो बरस पहले ही इन्कार कर दिया था, क्योंकि माजिद का किरदार मशकूक था और वो अपनी सबसे छोटी व लाडली बेटी को जानते-बूझते आग में नहीं धकेलना चाहते थे। अब तो रुख़्साना का घर भी बस भी बस चुका है। फिर क्या बात है?

दारुल उलूम रहमानिया जाने में उन्हें हमेशा कोफ़्त होती थी, क्योंकि वो खुले माहौल के आदी थे और रहमानिया शहर के भीतर क़ायम था जहाँ गन्दी, बदबूदार और पुरपेच गलियों से गुज़रकर ही पहुँचना पड़ता था। इन दिनों वो मसरूफ़ भी बहुत थे। बड़ा काम हाथ में ले रखा था। फिर भी उन्होंने वादा किया कि मिलेंगे। ख़याल था, अस्र (सायंकाल) की नमाज़ के बाद रहमानिया जाएँगे और मग़रिब की नमाज़ के पहले लौट आएँगे।

दारुल उलूम की वही हालत थी जो वो बरसों से देखते आ रहे थे। मेनगेट के बाहर हालाँकि छोटा-सा चौगान था लेकिन चारों तरफ़ के मकानों के बाहर कूड़ा-करवट बिखरा हुआ था। दो-तीन घरों के बाहर बकरियाँ मिमिया रही थीं। मेनगेट की दायीं तरफ़ बिजली के पोल के पास सार्वजनिक गन्दगी का ढेर पड़ा था जिसमें कुत्ते मुँह मार रहे थे। बायीं तरफ़ हैंड पम्प की वज़ह से गर्दआलूद पानी फैला हुआ था। हाजी साहब ने ऐन गेट के सामने जहाँ स्कूटर रोकने की कोशिश की, तो उन्हें सड़क पर पड़े गोबर का ख़याल नहीं रहा और अगला पहिया गोबर में सन गया। अन्दर घुसते ही दायीं तरफ़ पाख़ाने बने हुए थे जिन पर नज़र पड़ते ही उन्हें झुरझुरी आ जाती थी। पत्थरी फ़र्श का छोटा-सा पैसेज था जहाँ लड़के धक्कम पेल करते हुए कुछ 'खेल' रहे थे। ऐसा कभी नहीं हुआ कि वो यहाँ आये हों और कोई लड़का उनसे टकराया न हो। वो जल्द-जल्द सीढ़ियाँ चढ़कर ऊपर पहुँच गये जहाँ दारुल उलूभ का ऑफ़िस था। नीचे तो रहमानिया हायर सैकेंडरी स्कूल और उसका ऑफ़िस था।

मुफ़्ती-ए-आज़म उन्हीं के इन्तज़ार में बैठे थे। सफ़ेद गावतकिये के दरमियान झक्क सफ़ेद लिबास में मल्बूस। सफ़ेद अमामा बाँधे वो वाक़ई रूहानी शख़्सियत लग रहे थे। कमर पिछले बरसों में कुछ और झुक गयी थी। झुरियाये हाथों

में मोटी बुख़ारी शरीफ़ थी। वो हर वक़्त कुछ न कुछ पढ़ते रहते थे। एक कोने में दो शख़्स चुपचाप दो जानूँ बैठे थे। अन्दर वाले कमरे में मेज़-कुर्सियाँ भी थीं जहाँ हिसाब-किताब का काम देखा जा रहा था।

"आइए, आइए", मुफ़्ती साहब ने बुख़ारी शरीफ़ बाजू के डेस्क पर रखी और हाजी साहब की तरफ़ मुख़ातिब हुए।

"कैसे याद किया जनाब?" बाद आदाब के सवाल किया गया।

मुफ़्ती साहब हल्के बुख़ार की हालत में थे या बुढ़ापे की कमज़ोरी थी। खँखारकर बड़ी कमज़ोर व खरखराती आवाज़ में बोले, "हाजी साहब! आपने जिस काम का बीड़ा उठाया है वो वक़्त की ज़रूरत है, मगर ज़कात का मुआमला क्यों बीच में ले आये? ये तो हम लोगों के लिए छोड़ देते?" वो हल्के से मुस्कराये। हाजी साहब ख़ामोश रहे, "जाती तौर पर आप जितना चाहें क़ौम के लिए ख़र्च कर सकते हैं मगर ज़कात का पैसा?– उसके लिए तो शरई हुक्म की पाबन्दी ज़रूरी है। आप जैसे दानिशमन्द व जहाँदीदा शख़्स से ऐसी हरकत की उम्मीद नहीं थी।"

हाजी साहब ने कहा–"शरई हुक्म जो हों। ज़कात अदा करना, न करना मोमिन की नीयत पर मुन्हसिर है। लाखों-करोड़ों साहिबे-हैसियत मुसलमान ज़कात अदा नहीं करते हैं...।"

"तो उनका गुनाह उन पर लाज़िम है", मुफ़्ती साहब ने बीच में लुक़्मा दिया, "आप दानिस्ता क्यों गुनहगार बनते हैं? कम-अज़्-कम मैं आपसे ऐसी तवक़्क़ो नहीं रखता था। फ़तवा तो मुझे देना ही होगा। आप जानते हैं, शरीअत में हुज्जत नहीं है। अगर आपसे मरासिम की बिना पर मैं ख़ामोश रहता हूँ तो जानते हैं, ज़माना बड़ा शरपसन्द है। पर्चेबाज़ी शुरू हो जाएगी। आख़िर आपको ये सब कहने की क्या ज़रूरत थी? आपका पैसा है, चाहे ज़कात के नाम से लगाएँ या ख़ैरात के नाम से। ढिंढोरा पीटने की ज़रूरत कहाँ थी?"

मुफ़्ती साहब की दुनियादारी व सादगी पर मोदीजी को हँसी आ गयी। उसे छुपाते हुए बोले, "गोया दीन के मुआमले में भी झूठ से काम लिया जा सकता है?"

मुफ़्ती साहब की झुकी हुई गर्दन और झुक गयी, "आप मुझे शर्मिन्दा कर रहे हैं?" वो आँखें नहीं मिला पा रहे थे। मोदीजी ने उन्हें मज़ीद शर्मिन्दा होने से बचाने के लिए बैग से

चेक बुक निकाली और हस्बे-दस्तूर एक चेक काटकर मुफ़्ती साहब की ख़िदमत में पेश कर दिया। मुफ़्ती साहब ने सर उठाया। अब उनकी आँखों में नूर आ गया था।

"ज़कात या...?"

"जिस मद में चाहें, क़बूल फ़रमा लें। अच्छा–इजाज़त दीजिए", इसी के साथ वो उठ खड़े हुए।

मुफ़्ती साहब ने अपने नायब को बुलाया, "भई! इस चेक की रसीद दे दीजिए।" फिर हाजी साहब की तरफ़ मुख़ातिब हुए, "आप ख़ातिर जमा रखिए। मैं शरीअत की रौशनी में कुछ ऐसी राह निकालूँगा कि आपका हरीफ़ भी मुत्मईन हो जाएगा और आपको भी ठेस न लगेगी। आख़िर को कुर्आन में हुक्मे-रब्बी इतना ही तो है कि जकात अदा करो। कैसे? ये सब शरअ के मुआमले हैं। आप बेफ़िक्र रहिए...। अरे हाँ!" अचानक उन्हें कुछ याद आया, "ईद के बाद अहबाब मेरी अदना ख़िदमात के सिलसिले में स्टेडियम ग्राउंड में एक बड़ा जश्न बरपा करने वाले हैं। आप ज़रूर तशरीफ़ लाइएगा। खबर हो ही जाएगी। कार्ड आपके यहाँ ही तो छपेगा।"

हाजी साहब ग़ौर से उस बूढ़े चेहरे को तकने लगे जो इस उम्र में भी जश्न की आरजू लिये बैठा है। इस्लामीयात की इस क़दर किताबें चाटने वाले शख़्स को आख़िरी उम्र में अपने जश्न की पड़ी है और क़ौम ख़्वाबे-गफ़लत में? इन हालात में इस्लाम और इस्लामियों का क्या होगा? अगर इस्लाम के ठेकेदार भी इस्लाम के मफ़हूम को नहीं समझ पाते हैं तो आम मुसलमान क्या समझेगा–अच्छा आदाब!

"आदाब!"

रात को दस्तरख़्वान पर बाप-बेटे बैठे तो दोनों होनहार व फ़र्मांबरदार बेटों के चेहरों पर संजीदगी तारी थी और लब ख़ामोश।

"क्या हुआ भई, रोज़े अखर रहे हैं?" उन्होंने शफ़क़त से बेटों को देखते हुए कहा।

"रोज़े नहीं, आपकी ज़िद!" बड़े बेटे ने लुक्मा चबाते हुए कहा–"आपकी वजह से शहर भर में हमारी रुसवाई हो रही है।"

"इसका तदारुक करना पड़ेगा, वर्ना बदनामी बढ़ जाएगी।" छोटा बोला–"कुछ भी करने से पहले किसी आलिम से मशवरा कर लेना चाहिए था।"

"आलिम?" हाजी साहब आलिमों के ज़िक्र पर बहुत कुछ कहना चाहते थे लेकिन सिर्फ़ इतना कहा, "शायद तुम ठीक कहते हो।"

रात को रमज़ान की तराबीह की ख़ास नमाज़ बाजगाअत अदा करने के बाद वो घर आकर बिस्तर पर लेटे तो देर तक आँखें झपकाते रहे और सोचते रहे कि क्या वाक़ई उनसे ग़लती सरज़द हो गयी है या वो हक़ बजानिब हैं। उन्हें ये ख़याल बार-बार सता रहा था कि दुनियावी टैक्स से निजात के हज़ार रास्ते हैं मगर खुदाई टैक्स में ज़रा भी रिआयत क्यों नहीं है? बन्दों की, की हुई तशरीहें और व्याख्याएँ क्या खुदा से भी बड़ी हो गयीं?

तक़रीबन डेढ बजे, तहजुद की नमाज़ तक उनकी आँखें झपकती रहीं। फिर सेहरी का वक़्त हो गया। वो भारी सर के साथ उठे और वॉश बेसिन में कुल्ला करने लगे। जागते रहने के बावजूद उन्हें क्यों लगा कि आज बासीपन जा नहीं रहा। क्या वो चौदह सौ बरसों तक सोते रहे थे?

(2009)

अलादीन बेचराग़

अलादीन सुबह तड़के उठ गया। उठना ही था। रात को ही अज़ान देने वाले पठान ने उसे बता दिया था कि वो फ़ज्र की अज़ान देने नहीं आ सकेगा। जब-जब पठान नहीं आ पाता था, अलादीन ही नमाज़ों के पन्द्रह मिनट पहले मस्जिद में जाकर वुजू करके, माइक के सामने कानों में उँगली डालकर अज़ान दिया करता था। वो एवज़ी अज़ान देने वाला था।

फ़ज्र की नमाज़ के बाद वो नजदीकी गब्बूख़ाँ के चौक में जाकर छोटू उस्ताद की टूटी बेंच पर बैठकर एक गिलास चाय और दो डबल रोटियाँ पेट में उतारकर मस्जिद की सीढ़ियों पर आकर बैठ गया था और आये-गयों से गपशप करके, हँसी-मज़ाक में वक़्त काटते-काटते आधा बंडल बीड़ी फूँक चुका था। अक्सर वो मस्जिद की सीढ़ियों पर ही बैठा नज़र आता था। मैले कमीज़-शलवार में, घनी झाड़-झंखाड़ दाढ़ी में सफ़ेदी झलकने लगी थी। सर पर हरा साफ़ा, गर्दन पर लटकते पट्टेदार बाल, दायें कन्धे पर हरा अंगोछा, पैरों में सस्ते मैल अटे चप्पल। बिल्कुल पीर-फ़क़ीर के हुलिए में।

दस बज गये तो वो सीढ़ियों से उतरा जैसे तख़्ते-ताऊस से उतरा हो। उतरना ही था क्योंकि एक-एक कर के आसपास के बन्दे अपने-अपने काम पर निकल गये थे। कोई दूर-दराज़ की फैक्टरियों की तरफ़ निकल गया, कोई नज़दीकी कारख़ानों की तरफ़, कोई अपनी छोटी-मोटी दुकान खोलने। उनमें ज़्यादातर मिस्त्री, कारीगर, हेल्पर या मज़दूर क़िस्म के बन्दे थे। अगर अलादीन मस्जिद का चराग न बनता तो उसे भी कहीं न कहीं

हथौड़ा चलाना और लोहा कूटना पड़ता। पर वो अल्लाह की राह में निकल पड़ा था। अल्लाह की राह में निकलने वालों को कुछ नहीं करना पड़ता सिवा अल्लाह-अल्लाह करने के या दीन की उल्टी-सीधी हाँकने के। चार भाइयों में अलादीन ही ऐसा था जो कोई काम-धाम नहीं करता था, वर्ना एक भाई स्टोव, मिक्सर, पंखों वगैरह की मरम्मत करता था। दूसरा किसी टेलर मास्टर की दुकान पर मुलाज़िम था। तीसरा सुबह ही सुबह टिफ़िन लेकर इंडस्ट्रीयल एरिया की तरफ़ निकल जाता था। बाप उमरदीन पी.डब्ल्यू.डी. की फिटरी के बाद पेंशन से न सिर्फ़ अपना बुढ़ापा गुज़ार रहा था बल्कि निकट्ठू अलादीन और उसके बीवी-बच्चों की परवरिश भी कर रहा था। अलादीन की चाय-बीड़ी का दैनिक खर्चा भी बाप के ही जिम्मे था।

मस्जिद से घर का रास्ता लम्बा न था। मस्जिद से निकलकर, घंटाघर की रोड पर आया और गली में घुसा। ये लो, कुएँ के सामने दड़बेनुमा मकान जिसमें चारों भाई अपने परिवार के साथ रहते थे। दो कमरे ऊपरी मंज़िल पर, नीचे एक ओरा व साल। बारसाली में एक छोटा-सा कमरा और बूढ़े-बुढ़िया के लिए कमरे की क्या ज़रूरत? हो तो भी गुंजाइश कहाँ? उनके लिए साल व छोटा-सा आँगन बहुत था या मकान के बाहर बनी छोटी-सी चबूतरी। यहाँ बैठकर दिन भर आये-गये लोगों से, मुहल्ले वालों या वालियों से सलाम-दुआ की जा सकती है। हर भाई के तीन-तीन, चार-चार बच्चे। अलादीन के भी। सबसे बड़ा था इसलिए लाज़िमन सबसे ज़्यादा बच्चों वाला। एक तो कमाने लायक़ हो गया है जो गृहस्थी चलाने में सामर्थ्य भर माँ की मदद करता है। दिन-रात बच्चों की ऐसी चिल्ल-पों, किल-किल रहती है कि माँएँ दिनभर खीजती रहती हैं..."सीढ़ी काढ़्या, थंने कबर में घालूँ...अठी मर...जावे कठै है माटी-मिल्या...।" इस खीज में सबसे ऊँची आवाज़ ख़ातून की होती थी जो ख़ाविन्द का गुस्सा बच्चों पर निकालती थी।

अलादीन बेचराग ख़ाली हाथ घर में दाख़िल होता। धम्म से बरामदे में पसर जाता, "रोटी लाव...लावे कनी बैनचो...भूख लागी है।"

बरामदे में बैठा बाप आँखों पर मोटे लैंस का चश्मा चढ़ा कोई धार्मिक पुस्तक देख रहा होता। चश्मा हटाकर कर कहता,

"सब्र कर अलादिया! लावे है नी। इत्ती उतावल कांई है? कठै जावनो है?"

"मौली साब अठै जावनो है। बहुत ज़रूरी काम है।"

"म्हने ठा है, शतरंज रे बास्ते बुलायो होवेला। जेड़ो थारो मौली साब, वेड़ो थूँ।"

इतने में भुनभुनाती हुई ख़ातून थाली लाकर उसके सामने पटक देती, "लो घीटो। कमाओ धेलो नीं और रौब झाड़ो खामोखा।"

"चपर-चपर मत कर गेलचोदी। अबार एक दूलौ कनपटी माथे खींचने। हाल म्हारो बाप बैठो है। बेटो कमावे है।"

जिस तरह पद-पद करता वो घर में घुसता था उस तरह दबादब खाना भकोस कर यह जा, वह जा। लौटते वक्त बाप से पाँच-दस रुपये ऐंठना न भूलता। बाप अंटी ढीली तो कर देता पर हर बार ये कहना न भूलता, "इत्ती बीड़ियाँ मत पीया कर भोड़ा। मूंडो कैड़ो बासे है।"

"थाँ सूँघो ई क्यूँ?"

इसका जवाब बाप के पास क्या होता? जवाब तो ख़ातून के पास भी नहीं होता था जब रीछ की तरह रात-बिरात दबोचने के लिए बिस्तर पर आ जाता था। जैसे काली आँधी ने उसे ढाँप लिया हो। "माटी मिला नहाता भी नहीं, कैसा गन्धाता है।" जुमे के जुमे नहाता है तो कपड़े भी मैले-चीकट होने के बाद जुमे के दिन ही उतरते हैं। दाढ़ी भी इतनी लम्बी बढ़ा रखी है जैसे घोड़े की पूँछ चेहरे पर चली आयी हो। दाढ़ी-मूँछों के बाल मुँह में घुसने लगते हैं... "अल्लाह! मैं कठै फँस गयी? अब छोड़ो कनी। आगा बलो। म्हारो जीव दौरो होरियो है।"

ख़ातून लाख रोये-कलपे, रीछ तो तभी हटता है जब उसकी भूख शान्त हो जाती है। अलादीन की भूख भले शान्त हो जाती हो, इस भूख से नयी भूख-टाबर-टिंगर की सूरत में पैदा हो जाती है। हर नयी भूख के साथ ख़ातून का ख़ून और सवा सेर कम हो जाता है। बच्चे पैदा कर-करके निचुड़ गयी है, सफ़ेद-झक्क हो गयी है। गोरी तो पहले ही थी लेकिन तब उस सफ़ेदे में ललाई थी और बदन गदराया-सा। अब तो यूँ लगता है जैसे सूखी हड्डियों पर पतली खाल मँढ़ दी हो। कितना-कुछ ससुराल जाने के बाद, इन बरसों में उसने बर्दाश्त किया था। उसे सारे

के सारे अरमान धरे के धरे रह गये जब मालूम हुआ उसका मियाँ मस्जिद का चराग़ है। कहाँ जा रहे हो? मस्जिद जा रहा हूँ। कब लोटोगे? कुछ पता नहीं। ख़ातून के देवर जब अपने बीवी-बच्चों के लिए ख़ाने-पीने की चीज़ें, कपड़े-जूते वग़ैरह लाते तो वो चुपके-चुपके आँसू बहाती थी और बहानों से बच्चों को बहलाती थी।

अलादीन बेचराग़ के लिए घर, घर नहीं एक सराय है, लॉज है। भूख-वूख मिटायी, आराम-वाराम किया और फिर रफ़ूचक्कर। कई बार तो कई-कई दिनों के लिए। बच्चों में से किसी को मस्जिद भेजा जाता कि अनकमाऊ सरताज अभी तक आया क्यों नहीं? मालूम होता? सुन्नी दावते-इस्लामी के सफ़र में आसपास के गाँवों व क़स्बों की तरफ़ गया है।

पहले सिर्फ़ तब्लीग़ी जमाअत हुआ करती थी जो शहर-शहर, डगर-डगर इस्लाम का प्रचार करती-फिरती थी। जमाअत वालों को इस्लाम की बहुत फ़िक्र रहा करती थी। घर-परिवार की ज़रा भी ख़ैर-ख़बर नहीं। उन्होंने एक ही सीख पकड़ ली थी कि जो अल्लाह की राह में निकल गया, समझो जन्नत की तरफ़ निकल गया। जहाँ जन्नत-हूरों का वादा हो, वहाँ बीवी-बच्चों का सौदा क्यों हो? बस, उठाया बैग, दरी-तकिये का गट्ठर, वुज़ू का बधना और चल पड़े अल्लाह की राह में। अब जमाअत के नक़्शे-क़दम पर सुन्नी दावते-इस्लामी के दीनदार चल पड़े हैं। बेशक इनका काम तो अच्छा है कि इन नाम के मुस्लिम जाहिलों को कुछ दीन के क़ानून-क़ायदे सिखा दें वर्ना सारी उम्र ग़फ़लत में गुज़र जाएगी। लाख सज्दे में माथा रगड़ो और माथे पर स्याह दाग़ लगाओ, तुम्हारी एक इबादत भी क़बूल न होगी जैसे कि कोई छात्र कॉपियों पर कॉपियाँ भरता जाए और सवालों के सही जवाब न लिख सके। तो, उसका फ़ेल होना लाज़िमी ठहरा। दीन के क़ानून-क़ायदों में फ़ेल तो समझो गयी जन्नत हाथ से। मुसलमान बन्दे को ज़न्नत और ज़न्नत की शराब व हूरों की लालच न हो तो काहे को वो दौड़-दौड़ के पाँच वक़्त मस्जिद की तरफ भागे। दरअस्ल दुनिया में सबसे बुरी हालत मुसलमान की है कि एक तरफ बहैसियत इन्सान दुनिया की रंगीनियाँ उसे खींचती है, दूसरी तरफ़ खौफ़े-खुदा से दीन की तरफ लपकता है। न इधर का रहता है, न उधर का। इस्लाम

का यह दर्शन आधुनिक मुस्लिमों के गले नहीं उतरता कि ये दुनिया फ़क़त काफ़िरों के लिए है, मुसलमानों के लिए एक सराय है जिसमें दो घड़ी सुस्ता लो, फिर आगे आख़िरत के लिए बढ़ो कि वही मोमिनों के लिए स्थायी दुनिया है। ये अस्थायी दुनिया तो इम्तिहान की जगह है लिहाज़ा अपने रब की ख़ूब इबादत करो, ख़ुशामदें करो तो पास हो जाओगे, वर्ना फ़ेल।

बहुत मुमकिन है कि होश सँभालते ही अलादीन बेचराग़ के कच्चे ज़ेहन में मौलानाओं की ऐसी तक़रीरें उतर गयी हों और अब हज़ार महरूमियों के बावजूद निकल नहीं रही हैं या फिर ऐसा हुआ कि एक अर्से तक ख़ाली-ख़ोली बैठे रहने, शौक़-शौक़ में मस्जिद की सफ़ाई करने, पानी के मटके भरने, ट्यूबलाइटों व पंखों के स्विच ऑन-ऑफ करने और मुअज़्ज़िन की ग़ैर मौजूदगी में अज़ानें देने से शरीर को ज़ंग लग गया हो और ये ख़याल ही न रहा हो कि मस्जिद के अलावा घर की भी कुछ ज़िम्मेदारियाँ हैं। दो बख़्त की रोटी और तन ढाँपने को कपड़े मिल जाएँ तो ज़िम्मेदारियों की परवाह कौन करे?

ये मत समझिए कि शहर में अलादीन बेचराग़ अपनी क़िस्म का एक ही नमूना है। ऐसे सैंकड़ों बेचराग़ हैं जो दिन-रात बिना तेल-बाती यहाँ-वहाँ जलते रहते हैं और अपना फ़ालतू टाइम 'पास' करते रहते हैं। उन्हें ये तक पता नहीं होता कि उनका 'फ़ालतू टाइम' मुल्क और क़ौम की अमानत होता है पर जिसके ख़मीर में हरामख़ोरी पड़ जाए वो बसाँध मारने लगता है जैसे भिखमंगे, जैसे साधु, जैसे फ़क़ीर, जैसे दूसरों के टुकड़ों पर पलने वाले हैवान, जैसे पैरासाइट। जहाँ-जहाँ मुस्लिम बस्तियाँ हैं वहाँ-वहाँ ऐसी हस्तियाँ बिना ढूँढ़े नज़र आ जाएँगी। गब्बूख़ाँ का चौक हो, नालायकों का मुहल्ला हो या पब्लिक पार्क के पास स्टेडियम ग्राउंड। जब दो बरस पहले राजधानी से सरकार दो दिन के लिए शहर में आयी थी तो स्टेडियम ग्राउंड के अतराफ़ का हुलिया सुधार गयी थी। चौड़े-चौड़े टाइल्स जड़े फुटपाथ, चौड़ी सड़कें और रातों को दिन बनाने वाली फ्लड लाइटें इन्हीं ताश व शतरंज के खिलाड़ियों के लिए ही तो लगायी गयी थीं।

अलादीन अगर मस्जिद में या मस्जिद की सीढ़ियों पर नज़र न आये तो समझो, ऐसी ही किसी पर ख़ाली वक़्त के मज़े

लूट रहा होगा। अलादीन के मुँह से सिर्फ बीड़ियों की गन्ध ही नहीं निकलती थी, गलियों के फूल भी झड़ते थे। दरअस्ल वो जिस इलाक़े में रहता था वहाँ बच्चों से लेकर बूढ़ों तक सभी माँ-बहन की फ़हश गालियाँ बोलना ज़रूरी समझते थे। बैन.. .मादर...उनकी जबान पर तकिया-कलाम की तरह सजी रहती थीं। उन्हें ख़याल ही नहीं रहता था कि वो कहाँ खड़े हैं। किससे बात कर रहे हैं। गालियाँ तो उनके लिए घी की नालियाँ थीं जो आप ही आप बहती रहती थीं। माँ-बहन-बेटियों के सामने भी। अलादीन वुज़ूखाने में चाहे जितने कुल्ले कर ले, न बीड़ियों की गन्ध जाती थी न गालियों की खंक।

रमज़ान के महीने में अलादीन की चुस्ती-फुर्ती देखने के क़ाबिल होती थी। ख़ास तौर से छब्बीसवें रोज़े की 27वीं रात को जब मस्जिदें रौशनियों व झाड़-फ़ानूसों से जगमगाया करती थीं। उसी रात को पेश इमाम साहब और मुअज़्ज़िनों को इलाक़े के नमाज़ी नज़राने दिया करते थे और मस्जिद कमेटी की तरफ साफ़े बँधवाये जाते और लिबास भेंट किये जाते। 27वीं रात बरकतों वाली रात हुआ करती है, जब खुदा अर्श से उतरकर पहले आस्मान पर आ जाता है और अपने नेक बन्दों से पूछता है—"बता, तेरी रज़ा क्या है?" 27वीं रात बन्दों की मुरादें बर आने की रात होती है और किसी की मुरादें पूरी होती हों या नहीं अलादीन की मुराद ज़रूर पूरी हो जाती थी। जेब में पैसा आता तो कई दिनों तक भरा-भरा फिरा करता था बेचराग़। ये ही वो दिन होते थे जब ख़ातून की छोटी-छोटी ख़्वाहिशों की तकमील हो जाया करती—"बोल! तेरे लिए क्या ला दूँ।"

ख़ातून मियाँ की खुशी में शरीक नहीं हो पाती। उदास आवाज़ में इतना भर कह पाती, "हो सके तो किसी काम-धन्धे में लग जाओ, मुझे और कुछ नहीं चाहिए।"

अलादीन बेचराग़ भड़क उठता, "फिर वही मुरग़े की एक टाँग। भूखी मर रई है कांई? मस्जिद रो काम थनै कांई नईं दिखे कांई? अरे गेलचोदी! म्हारे लारे थारी बख्शीश हो जावेला, समझिया कर। जद देखो, काम-काम। काम कदैई करियो नईं कांई? अल्लाह री राह ऊं मत भटका मने। जाऊँ, अज़ान रो टैम हो गयो है।"

"एक दिन म्हारो मरण रो टैम आ जावेला जद भी अज़ान

देता फिरी जो," मुँह में पल्लू ठूँसकर ख़ातून रोने लगती।

मियाँ-बीवी की ये चख-चख कभी खत्म न होती और एक दिन बेचराग़ की जेब ख़ाली हो जाती। रौशनी गुल हो जाती। फिर वही अँधेरी रात, "दस रुपया दो बा!"

बाप दस रुपये तो देते पर सोचने लगते, मेरे बाद अलादिया और बहू-बच्चों का क्या होगा? फिर दुआ के लिए बा के हाथ उठ जाते। मुसलमान को जब कुछ नहीं सूझता तब अपनी हर फ़िक्र वो अल्लाह को सौंप देता है–"तू बड़ा रहीमो-करीम है। बड़ा कारसाज़ है। तू ही कोई सबील निकालेगा...।"

ज़िन्दगी यूँ ही गुज़र जाती, क्यों तेरा रहगुज़र याद आया :

अलादीन की ज़िन्दगी भी इसी तरह गुज़रती रहती पर उन पर इकराम साहब की नज़र पड़ गयी। वो फूड कॉर्पोरेशन ऑफ़ इंडिया में मुलाजिम थे। हज कमेटी के मेम्बर और कुछ एक्टिविस्ट किस्म के। बड़े सलीक़े से रहने वाले। क़रीने से तराशी हुई ख़ूबसूरत दाढ़ी, मुँह में पान और चेहरे पर मुस्कुराहट। हरदिल अज़ीज़। उनका मकान क़रीबी मुहल्ले में था और अपने रख-रखाव के कारण अलग से पहचाना जाता। नमाज़ी भी थे। पाबन्द नमाज़ें कहाँ अदा करते थे ये तो मालूम नहीं पर; जुमे के दिन अक्सर इस मस्जिद में देखे जाते। यों भी एक ही इलाक़ा होने से मस्जिद व गली की तरफ़ उनका गुज़र होता रहता था। अक्सर अलादीन और इस क़िस्म के निठल्ले लोगों को फ़जूल बैठे देखा करते थे। देखा ही नहीं करते, कुढ़ते भी, ये कैसे लोग जो हैं जो अपने ही हाथों अपनी ज़िन्दगी क़ो तबाह व बरबाद किये जा रहे हैं और मुल्क व क़ौम पर बोझ बने बैठे हैं। इकराम साहब का अलादीन से सीधा ताल्लुक़ नहीं था। अलादीन ने ही सलाम में पहल की थी कि पढ़ा-लिखा बन्दा है, किसी सरकारी महकमे में अफ़सर लगता है, कभी काम आएगा। नज़राना भी ये औरों से बढ़कर देता है। मालूम होता है, अच्छी तनख़्वाह मिलती है या फिर बालाई आमदनी... अल्लाह जाने! अलादिया क्या जाने?

उस दिन जुमे की नमाज़ के बाद अलादीन मस्जिद के चौगान में एक स्कूटर पर बैठे हुए नौजवान नमाज़ियों से हँसी-मज़ाक में मशगूल था कि एकाएक इकराम साहब उसकी

तरफ़ बढ़े और कन्धे पर हाथ रखते हुए बोले, "भाई! क्यों नहीं आज एक-एक चाय हो जाए। चलें, करीम होटल की तरफ़।"

नेकी और पूछ-पूछ। अलादीन बेचराग की आँखों में रौशनी कौंध गयी, बाँछें खिल गयीं। फ़ौरन साथ हो लिया। आसपास के लोग कौतूहल से देखने लगे कि आज 'साहब को बेचराग़ से क्या काम पड़ गया?' क़रीम होटल ज़्यादा दूर नहीं था। बस, सदर बाज़ार की पान गली के नुक्कड़ पर। बातों ही बातों में इकराम साहब ने अलादीन के बारे में काफ़ी मालूमात हासिल कर लीं। कुछ पहले से मालूम थीं जो उड़ते-उड़ते सुन ली गयी थीं। उन्होंने बादशाही चाय के साथ ख़स्ता नमकीन टोस्ट से अलादीन की ख़ातिर की तो अलादीन तशक्कुर के मारे बिछ-बिछ गया। क्या नफ़ीस इंसान है! वो तो इकराम साहब ने अपना मुद्दआ बयान किया तो उसकी भवें तन गयीं। चाय ज़हर बन गयी। अजी साहब! हम आपकी इज़्ज़त करते हैं इसका ये मतलब नहीं कि हमारी कुछ इज़्ज़त नहीं है। हमारी ज़ाती ज़िन्दगी में दख़ल देने वाले आप कौन? हम आपके यहाँ भीख लेने या उधार माँगने तो नहीं आते। मैं कमाने जाऊँ या न जाऊँ आप पूछने वाले और नसीहत बघारने वाले कौन? जाइए, जाइए। ऐसी बहुत नसीहतें मैंने सुन रखी हैं। जब से जवान हुआ हूँ तब से सुन ही रहा हूँ। जो क़दम अल्लाह की राह में उठ चले हैं वो अब पीछे नहीं हटेंगे।

ये सारा ऑडियो अलादीन के दिमाग़ में बजता रहा। इकराम साहब के सामने तो मुंडी हिलायी जाती रही।'जी-जी' होता रहा और बार-बार कन्धे वाला हरा अंगोछा फटफटाता रहा जो अव्यक्त गुस्से की अलामत था। अब अलादीन के पहलू में चिऊँटियाँ रेंग रही थीं जो उसके उठने का इशारा थी।

इकराम साहब का पहला वार ख़ाली गया लेकिन वो जानते थे कि ऐसा होता है। फिर कोशिश की जाएगी। गोया मिशन-अलादीन पर उन्होंने कमर कस ली थी। वो बख़ूबी जानते थे कि अलादीन का सूफ़ियाना या मौलवियाना लिबास महज़ धोखा है। ऐसे लोगों को न शरीअत का कुछ पता होता है, न तरीक़त का जो सूफ़ी लोग इख़्तियार करते थे और रूहानी ताक़त पाते थे। अलादीन को तो ये भी मालूम न होगा कि इतनी अज़ानें जो देता है उसके मानी क्या हैं? शायद ठीक तरह

कुर्आन भी न पढ़ पाता होगा मानी समझना क्या मानी?

जुमे की इस मुलाक़ात का नतीजा ये निकला कि सलाम-दुआ बन्द। होंगे आप कहीं अफ़सर-वफ़सर, हम नहीं रहते किसी से दबकर। जब भी आमना-सामना होता, इकराम साहब ही बढ़कर सलाम करते, "कैसे हो अलादीन भाई?"

"अल्लाह का करम है!" निहायत बेदिली से जवाब मिलता। ये न कहता कि आपकी दुआ है। एक-दो बार करीम होटल चलने की दावत दी तो साफ़ इनकार कर गया, "काम है जी।"

बेकाम लोगों को भी काम? ये तो ख़ालिस टालने का बहाना है। चलो, कुछ नहीं, इसकी अपनी ज़िन्दगी है चाहे जैसे गुज़ारे। उनका फ़र्ज़ था जो अदा कर दिया। जो इस्लाम की रूह से वाक़िफ़ नहीं, वो सच्चा मोमिन क्योंकर हो सकता है? इस्लाम तो गृहस्थ की इबादत को अफ़ज़ल समझता है। घर-बार छोड़ के, संयास लेके तन्हाई में ज़िन्दगी गुज़ारने की इजाज़त नहीं देता। दीन और दुनिया के सन्तुलन का नाम इस्लाम है। यही तरीक़ा पैग़म्बरे-इस्लाम हज़रत मुहम्मद साहब और उनके साथियों का रहा। व्यक्तिगत मोक्ष के बजाय सामूहिक कल्याण ही इस्लाम का मूल-मन्त्र है। ये जाहिल, अशिक्षित लोग क्या जानें? जब दीन की दावत देने वाले और दुनिया से ग़ाफ़िल रहने वाले मुल्ला-मौलवी भी नहीं जानते या अगर जानते हैं तो बताना ही नहीं चाहते। धर्म का खौफ दिलाकर दुनियादार को भटकाते रहो और हलुए-मांडे खाते रहो, भले आज का मुसलमान दुनिया भर में जूते खाता रहे और ज़लीलो-ख़्वार होता रहे।

ख़ुदा की मेहर से ख़ातून के पाँव फिर भारी हो गये। छठी जचगी थी। एनीमिया और बेखुराकी की मरीज़ा ख़ुद को सँभाल न पायी और छह बच्चों को अलादीन के हवाले, बल्कि अल्लाह के हवाले करके चुपके से चल दी।

इकराम साहब भी शिष्टाचारवश मातमपूर्सी के लिए गये लेकिन उन्हें ये देखकर बड़ी हैरत हुई कि बीवी के यूँ चल देने का ज़रा भी मलाल अलादीन के चेहरे पर न था। अलबत्ता ख़ातून की देवरानियाँ और बच्चे रो-रोकर बेहाल थे।

इकराम साहब को लगा कि अब शायद अलादीन की ज़िन्दगी कुछ ढर्रे पर आ जाए क्योंकि अब उसे बाप का ही नहीं माँ का फ़र्ज़ भी निबाहना था लेकिन उसके मामूल में ज़रा भी

फ़र्क न आया। वही मस्जिद, वही अज़ानें, वही मस्जिद की सीढ़ियाँ, गब्बूखाँ का चौक, बीड़ियाँ और हँसी-मज़ाक का धौलधप्पा।

और एक दिन इकराम साहब ने सुना कि अलादीन के बच्चों की नयी माँ आ गयी है। अलादीन का जी बहलाने और बच्चे पैदा करने की एक नयी मशीन। जाने क्यों उन्हें अलादीन की नयी बीवी के माँ-बाप पर बेतरह ग़ुस्सा आने लगा।

(2009)

अब रहो तनहा कोई दिन और...

ये कहानी जुम्मनखाँ की है और नहीं भी क्योंकि इस दुनिया में सिर्फ एक ही जुम्मनखाँ नहीं हैं। तलाश करने निकलो तो बहुतेरे जुम्मनखाँ निकल आएँगे। जुम्मनखाँ काला नसीब लेकर पैदा हुए थे। ऐसा उनका मानना था लेकिन जो लोग उन्हें जानते थे उन्हें उनकी ज़िन्दगी की महरूमियों का एहसास नहीं था। वो उन्हें सीधा-सादा, शरीफ और अपने हाल में मस्त रहने वाला इंसान समझते थे जबकि वो थे नहीं यानी वो सीधे-शरीफ तो थे पर अपने हाल में मस्त रहने वाले नहीं थे। उन्हें अपने आप से, अपनी ज़िन्दगी से और अपने माहौल से अनगिनत शिकायतें थीं। वो ये भी जानते थे कि अगर वो कोशिश करते तो उन शिकायतों का समाधान कर सकते थे लेकिन नहीं कर सके क्योंकि यही उनकी नियति थी। क्या नियति के सामने इंसान का बस नहीं चलता? अपनी ज़िन्दगी फ़ज़ूल गँवाने का उन्हें अफसोस था। सही वक्त पर अगर सही काम न हो तो पछतावा होता ही है। जुम्मनखाँ को भी था।

जुम्मनखाँ अक्सर सोचते कि जिस खानदान में उन्होंने जन्म लिया अगर वो खानदान उन्हें न मिला होता, तो वो एक कामयाब ज़िन्दगी गुजार सकते थे, लेकिन पैदाइश की गुंजाइश अपने हाथ में तो नहीं होती। जहाँ पैदा किये जाएँ वहीं जीना पड़ता है। यही क़ुदरत का क़ानून है। इसी बात का तो उन्हें अफ़सोस था कि क़ुदरत ने उन्हें कपड़े रंगने व छापने वाले खानदान में क्यों पैदा कर दिया। किसी अच्छे व नफ़ीस

ख़ानदान में पैदा क्यों न किया?

उन्होंने होश के नाखून लिये तभी से देखा कि उनका घर, घर नहीं, रंगों और कपड़ों का गोदाम है। फ़र्श पर चारों तरफ़ कपड़ों के थान, रंगों व केमिकलों के डिब्बे बिखरे पड़े हैं। भट्ठी पर बड़ा-सा कढ़ाव चढ़ा है। तहमद बाँधे बाप उबलते हुए पानी में भाँत-भाँत के कपड़ों को डुबकियाँ दे रहे हैं। भट्ठी की आँच से शरीर पसीने से शराबोर हो रहा है। बड़े भाई एक ऊँचे-से पत्थर पर बैठे रंग चुके कपड़ों की कलफ़ दे रहे हैं। माँ, भाभियाँ व बहनें तगारों में भर-भरकर छत पर सुखाने ले जा रही हैं। सबके हाथ लालमलाल, जैसे ख़ून से रंगे हों। माहौल में एक अज़ीब-सी बसाँध।

जुम्मनखाँ अगले-पिछले जन्म के बारे में यक़ीनी तौर पर कुछ नहीं कह सकते थे पर उन्हें लगता था उनके मिजाज में नफ़ासत है, उसका तालमेल इस घर से नहीं बैठ रहा है। ज़रूर उनको सज़ा देने के लिए इस घर में ला पटका गया है। तो क्या, हज़ारों-लाखों लोग जो निम्न जातियों में या पेशेवर जातियों में पैदा होते हैं, वे सज़ायाफ़्ता होते हैं? रात को जब थान के टुकड़े किये जाते थे तो उसमें से उड़ती खंक से उनकी हालत ख़राब हो जाती थी। ये और बात है कि थान के ढेर पर लोटनियाँ लगाने में मज़ा भी ख़ूब आता था।

जो वो किशोर थे और स्कूल में पढ़ रहे थे तो उन्हें भी घर के काम में हाथ बँटाना पड़ता था। छतों पर कपड़े सुखाने में उनकी जान सूख जाया करती थी। उस वक़्त तो उन्हें घिन आती थी जब घर से दो किलोमीटर दूर कुत्ता बावड़ी से बड़े भाई द्वारा धोये गये कपड़े लेने जाना पड़ता। बावड़ी में घुमावदार सीढ़ियाँ थीं– कह लो कलात्मक थीं। उस ज़माने में आम घरों में फ़्लश लैट्रीन नहीं हुआ करती थीं इसलिए आसपास के इलाक़ों के लोग अँधेरे मुँह बावड़ी की सीढ़ियों पर निबट लिया करते थे। जुम्मनखाँ मल के ढेर से बच बचाकर नीचे भाई साहब तक पहुँचते थे। भाई साहब- कपड़ों की गठरी बनाकर उनकी पीठ पर लाद देते। बावड़ी का पानी इस क़दर बदबूदार होता था कि उनकों उबकाई आने लगती थी। कहते थे, ऐसे गन्दे पानी से रंग चोखा आता था। पता नहीं, भाई साहब उसे कैसे बर्दाश्त करते थे। शायद वो उसके आदी हो चुके थे।

जुम्मनखाँ को अच्छी तरह से याद है कि कपड़े सुखाने या छापने पर उनके हाथ गन्दे हो जाते तो शाम को पत्थर से रगड़-रगड़कर वो हथेलियों को लाल-सुर्ख कर लेते थे। फिर भी रंगों की हल्की झाँई रह ही जाती थी। केमिकल की गन्ध से उनका माथा घूमने लगता था।

ऐसे घर में पैदा होने के बावजूद उनको ज़ेहन अच्छा मिला था। स्कूल में अक्सर इम्तिहानों में अव्वल या दूसरा दरजा पा जाते थे। इसी वजह से सहपाठी उन्हें इज़्ज़त की निगाह से देखते थे। एक बार एक सहपाठी उनके घर आया तो घर का माहौल देखकर उससे रहा न गया। बोला—तेरा घर कितना गन्दा है जुम्मन। कैसे रहते हो यहाँ? जुम्मनखाँ पानी-पानी हो गये थे। पचास-पचपन बरस बीत जाने के बावजूद सहपाठी का वो जुमला उनके सीने में तीर की तरह गड़ा है। उन्होंने तब से अपने किसी सहपाठी, किसी दोस्त या परिचित या कुलीग को अपने घर ले जाने या बुलाने से गुरेज़ किया क्योंकि शर्मिन्दा होने से बचना चाहते थे जबकि वो खुद औरों के घर गाहेबगाहे चले जाया करते। उन घरों का साफ़-सुथरा माहौल देखकर उनमें हीन भावना भर जाती। उन्हें ये देखकर हैरत होती कि सिवा उनके, घर के सभी लोग ऐसे माहौल के आदी थे और किसी को नहीं लगता था कि वे गन्दगी में रह रहे हैं।

अपने माहौल से बेज़ार जुम्मनखाँ शायद इसलिए स्कूल से निकलकर कॉलेज नहीं जा सके थे, वर्ना उन जैसे होनहार छात्र के लिए आला तालीम हासिल करना क्या मुश्किल था। शुरु दिनों में उन्होंने सोचा भी था कि वो आला तालीम हासिल करके बड़े अफसर, वकील या इंजीनियर, डॉक्टर जैसा कुछ बनेंगे लेकिन उनके नसीब में फ़टीचर क्लर्की लिखी थी। इस क्लर्की ने उन्हें कहीं का न रखा। इस शुरुआती गड़बड़ ने उनके आगे की ज़िन्दगी को भी चौपट कर दिया था।

पहली पोस्टिंग शहर से एक सौ किलोमीटर दूर एक क़स्बे में हुई थी। तब उनकी उम्र ही क्या थी। फ़क़त बीस बरस, घर से दूर जाना तकलीफ़ का बाइस तो था लेकिन वो खुश थे कि गन्दगी से छुटकारा तो मिला। अब वो बाबू बनकर रहेंगे। रहे भी, मगर क़स्बे की अलग मुसीबतें थीं। धूल व धुएँ से भरा क़स्बा। बारिशें होतीं तो पखवाड़े-महीनों तक सड़कें कीचड़ से

भरी रहतीं। तब उन्हें शहर याद आता। दो-चार माह बाद जब वो छुट्टियों में शहर लौटते तो सब कुछ ख़ुशनुमा लगता सिवा अपने घर के। वो अक्सर कल्पना किया करते कि जब कभी उनका तबादला शहर में होगा तो उनकी मौज हो जाएगी। एक अपना अलग से घर बनाएँगे और ठाठ से रहेंगे।

शायद वो ठाठ से कल्पना में ही रह सकते थे। क़स्बे ने उनकी उठान के आठ साल छीन लिये जबकि वो कुछ बन सकते थे। इस दरमियान उनकी शादी भी हो गयी और एक बेटे का बाप बनने की धुन में वो दर-पे-दर तीन बेटियों के बाप बन गये। उनकी इसी ग़लती ने उनके सपनों को चकनाचूर कर दिया।

वो तबादले पर अपने शहर में लौट तो आये थे पर शहर भी अब पहले वाला शहर कहाँ रह गया था। इधर वो ख़ुद भी कूपमंडूक बनकर रह गये थे। क़स्बे का पिछड़ापन ख़ुद उनके अन्दर पसरकर बैठ गया था। रही-सही कसर नौकरी के झंझटों ने पूरी कर दी थी। काम, काम और बस काम। फिर वही रंगों, केमिकलों व कपड़ों के ढेर और चारों तरफ रंगीला साम्राज्य। हर चीज़ बदरंग और मैली-कुचैली। अब ये गन्दगी कुछ ज़्यादा ही अखरने लगी थी लेकिन निजात पाने की कोई राह नज़र नहीं आती थी।

उनकी पत्नी सुन्दर नहीं थी। साँवली और पस्ता क़द। चूँकि संयुक्त परिवार था इसलिए रसोई के कामों के अलावा पेशेगत कामों में भी उसे हाथ बँटाना पड़ता था। मैला लिबास, उस पर रंगे हुए हाथ-पाँव शरीर से अजीब-सी गन्ध आती थी। इससे बेहतर तो वो क़स्बा ही था जहाँ धूल-मिट्टी तो थी लेकिन रंग नहीं थे। जवान बीवी को प्यार करने का जज़्बा ही सर्द हो जाता। रहने का आठ बाई दस का, बिना खिड़की वाला कमरा मिला था वो भी केमिकलों की गन्ध से भरा हुआ। जुम्मनखाँ चाहते कि इस माहौल से निकलें पर कैसे निकलें। तब इतनी तनख़्वाह भी नहीं थी कि बेल की तरह रोज़-रोज़ बढ़ती तीन बेटियाँ। कल को इनकी शादी करनी होगी। पैसा कहाँ से आएगा? इसलिए अभी से बचाना शुरू करो वर्ना सारी ज़िन्दगी क़र्ज़ में डूबे रहोगे। भाइयों के पास ख़ुद अपनी फ़ौज थी, कौन किसकी मदद करता। इसलिए ये आईने की तरह साफ़ था कि अपना हाथ जगन्नाथ ही बनना पड़ेगा।

और हुआ भी ऐसा भी। औरतों और बच्चों की चखचख के

कारण भाइयों के चूल्हे-चौके अलग हो गये। अपनी खींचो और ओढ़ो। जुम्मनखाँ के जी में आता कि वो दोबारा अपना तबादला बाहर करवा लें ताकि इस घुटन भरे माहौल से निजात मिले लेकिन तभी क़िस्मत से एक छोटा मक़ान जो किसी को किराये पर दिया हुआ था, ख़ाली हो गया और बाप ने अपने नफ़ासतपसन्द बेटे को सौंप दिया।

कुछ दिन ख़ैरियत से गुज़रे। अलग गृहस्थी हो जाने के कारण बीवी को भी पेशेगत कामों से छुटकारा मिला और वो बबुआइन जैसी नज़र आने लगी लेकिन कितने दिन? जब क़िस्मत काली रौशनाई से लिखी गयी हो तो क़दम-क़दम पर आज़माइश होती है। मियाँ! जनम लिया है तो भुगतना भी पड़ेगा...जीवन है अगर ज़हर तो पीना ही पड़ेगा...।

एक दिन वालिद साहब आये और बोले—"तू जनम से एकलखोरा है मगर अब तुझे एडजस्टमेंट करके चलना पड़ेगा। तेरी दोनों बड़ी भाभियों में बनती नहीं है। रोज़-रोज़ की कलह से मैं तंग आ गया हूँ, इसलिए तू ऊपर के कमरे में शिफ़्ट हो जा। नीचे वाले हिस्से में तेरा बड़ा भाई और उसका परिवार रहेगा। मालूम नहीं, ये बाप की तज्वीज़ थी या उनका हुक्म। बाप के आगे जुम्मनखाँ की ज़बान खुलती न थी। काश! उस दिन खुल जाती तो आज उन्हें ये दिन देखने न पड़ते। सहज भाव से दी गयी रज़ामन्दी और फ़ेमिली सेटलमेंट उनकी जान का रोग बन गया। ये तो उन्होंने सोचा ही नहीं कि जिस औरत की अपनी जेठानी से नहीं निभी, उसकी देवरानी से कैसे निभेगी? लेकिन क़िस्मत को यही मंज़ूर था और जुम्मनखाँ 'इक बँगला बने न्यारा' का सपना वक़्त के चरखे में चक्करघिन्नी हो गया। हिल-मिल चालिए नदी-नाव संजोग कहने में अच्छा लगता है। अमली तौर पर संजोग बैठता नहीं है। यूँ भी ये मस्अला दो औरतों के बीच का था। जुम्मनखाँ की बीवी किसी तरह निबट लेती थी या बर्दाश्त कर लेती थी। अस्ल मस्अला जुम्मनखाँ का था जो एक कमरे में सिमटकर रह गये थे। कमरा भी ऐसा जो हवा-रौशनी को तरसता था। पैसा बचाने के चक्कर में बाप ने लकड़ी की खिड़कियों की जगह सीमेंट की जालियाँ लगवा दी थीं जिनमें हवा व रौशनी शरमा के आती थी। जुम्मनखाँ ने उन जालियों को हटवाकर खिड़कियाँ तो लगवा दीं पर पड़ोसियों को चैन कहाँ?

मकान की पुश्त में रहने वाले लोगों ने हाथ-पैर फैलाना शुरू किये और ऐन खिड़कियों के नीचे अपनी झोपड़ियाँ क़ायम कर लीं जबकि वह गुज़रगाह थी। नतीजा ये कि अपने ही घर में, अपने कमरे में जुम्मनखाँ चैन से बैठ व सो नहीं सकते थे। हर वक़्त शोरगुल, स्टीरियो साउंड और धुएँ के ग़ुबार। उन लोगों ने ठीक खिड़कियों के नीचे रसोई बना ली और गैस के चूल्हे होने के बावजूद लकड़ियाँ जलाने लगे ताकि घबराकर जुम्मनखाँ पुख़्ता तौर पर खिड़कियाँ बन्द कर दें और वे लोग झोंपड़ियों की जगह पक्की दो मंज़िला इमारत बना सकें। इंसान की फ़ितरत है कि वो हमेशा अपनी सहूलियत देखता है और दूसरों को तकलीफ़ में देखकर खुश होता है।

इस अतिक्रमण से जुम्मन खाँ की सेहत चौपट होने लगी और मिजाज़ में चिड़चिड़ापन भर गया। उन्हें लगता वो अपने घर में नहीं, किसी क़ैदख़ाने में हैं जहाँ से मरने के बाद ही छुटकारा मिलेगा। उन्हें तब मालूम ही नहीं था कि आने वाले दिन और भी सख़्त आज़माइश के होंगे। तब भाई साहब के बच्चे छोटे थे और स्कूल में पढ़ रहे थे। भाई साहब के दो बेटे और एक बेटी थी। उनकी योजना थी कि अपनी औलाद को ख़ूब पढ़ा-लिखाकर क़ाबिल बनाएँगे मगर हुआ इससे उलटा। बड़ा निखट्टू निकला और छोटे ने आठवीं के बाद से पढ़ाई से तौबा कर ली। बेटी ब्याह दी गयी। जुम्मनखाँ की अपनी बेटियाँ भी एक-एक कर अपने ससुराल सिधार गयीं।

बेटियों की रुख़सती के बाद दो मुसीबतें एक साथ घर में घुसीं। जुम्मनखाँ की बीवी को बेटियों का बड़ा सहारा था। जब वो चली गयीं तो बेचारी तनहा रह गयी। तनहाई के उस सन्नाटे ने उसे अन्दर से खोखला कर दिया और वो अक्सर बीमार रहने लगी। कई डॉक्टर बदले, कई पैथियों को अपनाया मगर मर्ज़ बढ़ता गया, ज्यों-ज्यों दवा की। जुम्मनखाँ का ज़्यादा वक़्त घर के बाहर गुज़रता था लिहाज़ा बीवी के साथ के लिए मँझली बेटी की बिटिया को साथ रखने लगे। कुछ तबीअत सँभली। नानी-नवासी कुछ हँस बोल लेती थीं, तो दिन किसी तरह गुज़र जाता था। तभी अचानक भतीजों को कुछ काम-धन्धा करने की सूझी। सूझी क्या, कमाने-धमाने के लायक़ हो गये तो उन्हें कुछ तो करना ही था। उन्हें वही पेशा सूझा जो उनके माहौल में था

यानी ख़ानदानी। छोटे-से चौक में सूरत व अहमदाबाद से भेजी गयी साड़ियों की गाँठें जब फैलने लगीं, तब जुम्मनखाँ के कान खड़े हुए। जिससे परेशान होकर वो इस छोटे-से घर में आये थे वही उनकी स्थायी समस्या बन गयी। सुबह से शाम तक साड़ियों के अम्बार। या अल्लाह! मुझे किस मुसीबत में डाल दिया? घर से बाहर निकलना या दाख़िल होना भी दुश्वार, बन्दर की तरह छलाँग लगाते हुए अपने कमरे में पहुँचना। उधर बीवी बीमार, इधर घर का ये हाल। बेटियों की शादी के बाद जुम्मनखाँ के पास इतना पैसा नहीं बचा था कि अलग घर ख़रीद सकें। ज़मीन-जायदाद की क़ीमतें थीं कि आसमान छू रही थीं। पुश्तैनी मिल्कियत से उन्हें कुछ पैसे भी मिलने वाला नहीं था। जाएँ तो कहाँ जाएँ? इस घुटनभरी ज़िन्दगी से छुटकारा कैसे मिले? ले-दे के यही सूझता था कि कहीं और किराये का कोई मकान ले लें लेकिन बीवी मानती न थी। कहीं ऐसा न हो कि नयी जगह जाकर नयी मुसीबत में पड़ जाएँ। सर छुपाने की जगह है। किसी तरह गुज़र-बसर कर लो। उनकी बीवी अनपढ़ थी जो क़रीने से रहने का मतलब नहीं समझती थी। उसके बरअक्स जुम्मनखाँ लिविंग स्टैण्डर्ड को तरजीह देते थे जो ऐसी जगह पर बिल्कुल मुमकिन नहीं था। उनका सर्कल भी सलीक़ामन्द लोगों का था। अपने घर के हालात देखते हुए वो हर मुमकिन कोशिश करते कि कोई उनके घर न आने पाये। वो शर्मिन्दा नहीं होना चाहते थे। भाई-भतीजों को टोकने का मतलब होता एक नयी जंग का छिड़ जाना। लड़ाई-झगड़ों से वो उमूमन दूर ही रहना चाहते थे। कह सकते हैं कि वो बुज़दिल थे और कोई जोखिम उठाना नहीं चाहते थे। लिहाज़ा ग़फ़लत में ही उनकी ज़िन्दगी गुजरती रही।

लेकिन जब से वो रिटायर हुए थे उन्हें घर काट खाने को दौड़ता था। नौकरी में थे तो घर सराय था। अब नौकरी से फ़ारिग़ हो गये तो ज़्यादा वक़्त घर में गुज़ारना पड़ता था। पहले जिन ख़ामियों की तरफ़ कम ध्यान जाता था या जाता ही न था अब वो ख़ामियाँ व गन्दगियाँ ज़्यादा परेशान करने लगीं। चाहते कि फाँसी के फन्दे से लटककर इस वाहियात दुनिया से कूच कर जाएँ लेकिन बीवी और बेटियों का ख़याल आ जाता। वो आज़ाद होते हुए भी मुसल्सल क़ैद में महसूस करते थे। साठ

बरस इस दुनिया में गुज़ार दिये और आराम व सुकून से रहने को एक घर भी नसीब न हुआ। कभी ख़ुद को कोसते, कभी माँ-बाप, भाइयों, भतीजों को। कभी उन हालात को जिन्होंने कभी उन्हें चैन से जीने न दिया। जिस तरह 150 बरस पहले ग़ालिब को दश्त देखकर घर याद आता था, उसी तरह टैक्सटाइल फैक्टरियाँ देखकर उन्हें अपना घर याद आता था।

इधर नवासी विदा हुई, उधर बीवी की बीमारी ने फिर ज़ोर मारा। फिर भी जुम्मनखाँ साबित क़दम रहे। ज़्यादा से ज़्यादा वक़्त बीवी को देने लगे। उसका असर भी दिखने में आया। जुम्मनखाँ ये सोचकर ख़ुद को तसल्ली दे लेते कि जब ज़िन्दगी की तमाम ख़ुशियाँ उनसे रूठ गयीं तब भी एक जीवन साथी तो है जिसके सहारे बक़िया ज़िन्दगी गुज़ार सकते हैं। वो सुबहो-शाम उसे पार्क में चहलक़दमी के लिए ले जाने लगे। कभी किसी पिकनिक स्पॉट पर ले जाते, कभी किसी मल्टीप्लैक्स या हाई-फाई रेस्टोरेंट में। बरसों बाद उन्हें एकान्त मिला तो लगा वो नया ब्याहता जोड़ा बन गये हैं। बीवी भी ख़ुश-ख़ुश दिखाई देने लगी। उसकी आहें-कराहें अब कम सुनाई पड़तीं।

गली का, पड़ोस का और घर का न्यूसेंस पहले की तरह था बल्कि उसमें शिद्दत आ गयी थी लेकिन अब उसकी तरफ ध्यान कम ही जाता था। ज़्यादा वक़्त नहीं हुआ जब उन्होंने शराब से ग़म ग़लत करने की ठान ली थी पर वे बाल-बाल बच गये। गाड़ी फिर पटरी पर आ गयी थी। पैसों की कमी न थी। कई-कई दिन तक सैर-सपाटे के लिए बाहर निकल जाते। सफ़र-दर-सफ़र। घर पर होते तो बेटियों व नवासी में से कोई न कोई आता ही रहता था यानी रौनक़ भी थी और ख़ालीपन भी। ख़ालीपन को वो अपनी मुहब्बतों से भर लेते थे।

लेकिन ये सिलसिला भी ज़्यादा अर्से तक न चला। एकाएक सितारों ने गर्दिश बदली और आन की आन में अँधेरा छा गया। मौत दबे पाँव आयी थी। सब कुछ सामान्य था। शाम का वक़्त था। पार्क जाना था। जुम्मनखाँ खाना खाकर दीवान पर पसरे ही थे कि नागाड़ उनकी निगाह बीवी के चेहरे पर पड़ी; ऐसा लगा, वो दर्द को पीने की नाकाम कोशिश कर रही है। जाने क्यों उन्हें एकाएक वो ज़्यादतियाँ याद आने लगीं जो उन्होंने साबिरा औरत के साथ की थीं। उन्हें बीवी पर तरस आने

लगा। कितना कुछ बेचारी बर्दाश्त करती आ रही है?

''क्या हुआ? क्या तबीअत ठीक नहीं है?''

''हाँ, जरा जी घबरा रहा है। देखना, बादल भी हैं। शायद बारिश आएगी। आज पार्क नहीं चलेंगे।''

''चलो कुछ नहीं, ज़रा आराम कर लो।'' जुम्मनखाँ के सानो-गुमान में नहीं था कि वो अब कभी पार्क नहीं जा सकेगी। उसे तो कहीं और जाना है।

रात बारह बजे जब वो गहरी नींद में थे। उनके नाम की मद्धम-सी पुकार उनके कानों में पड़ी, वो हड़बड़ाकर उठे।

''सुनते ही नहीं हैं, कब से आवाजें दे रही हूँ। मुझे उल्टी होने को है।''

जुम्मनखाँ नाइट बल्ब की रौशनी में भी नहीं सो सकते। इसलिए मजबूरन बीवी को अकेले सोना पड़ता था। उस अकेलेपन में शाम से रात बारह के बीच बेचारी पर क्या-क्या गुज़री होगी। कुछ बताया भी तो नहीं। जुम्मनखाँ ने उसे उठाने की कोशिश की लेकिन उसने वहीं क़ै कर दी। फिर उल्टी के कई दौर। शरीर बर्फ की मानिन्द और चेहरा पसीने से शराबोर। न मरीज़ कुछ समझा व बता पाया, न तीमारदार को कुछ सूझा। वो ख़ामोश अटैक था। कई बार नासमझी व नातजुर्बेकारी किस तरह अनर्थ ढाती है।

रात किसी तरह गुज़री। सुबह होते ही डॉक्टर के यहाँ दौड़े। वह भी कुछ न समझा जिसके ज़ेरे-इलाज वो कुछ अर्से रही और तन्दरुस्त व तुवाना हो गयी थी, ''कुछ नहीं, गैस है।'' डॉक्टर ने आधे-अधूरे ध्यान से चैकअप किया था। उसका ध्यान टेबल पर रखे पैम्फलेटों पर था।

चैकअप कराके डॉक्टर के बँगले से निकले तो जुम्मनखाँ ने एक दामाद को अपने एक दोस्त के हमराह देखा—''यहाँ कहाँ ले आये? इन्हें इमरजेंसी में ले जाना था।'' दामाद अनुभवी था। अस्पतालों से काम पड़ता रहता था।

''इन्हीं का इलाज चल रहा था सो...।'' मुजरिम की तरह बोले जुम्मनखाँ। उनका दिमाग सुन्न था।

घर पहुँचे तो बीवी की साँस चढ़ी हुई। फौरन भागे इमरजेंसी की तरफ़। वन-वे ट्रैफ़िक लम्बा रास्ता, आउटडोर, इमरजेंसी, ऑक्सीजन का मास्क, डॉक्टरों की फ़ौज—देर कर दी।

पेशेंट की तो पल्स ही नहीं मिल रही है।

बेटियाँ, दामाद और भी कई परिवार वाले। जुम्मनखाँ को दरवाजे के पास स्टूल पर बैठा दिया गया—घबराओ मत, अल्लाह सब ठीक करेगा।

पाँच मिनट भी नहीं हुए थे कि बड़ा दामाद रोता हुआ बाहर निकला। पापा, घर चलो। खेल ख़त्म। बेटियाँ पछाड़ें खाने लगीं—"अरे अम्मी, हम अम्मी के बिना नहीं रह सकतीं...।"

जुम्मनखाँ सकते में। आँख से एक आँसू न टपका। देखते ही देखते उनकी दुनिया उजड़ गयी। याद आने लगी रात की बातें—कल से मैं एक रोटी कम खाऊँगी। बदहजमी हो गयी। ना ना, गन्दगी साफ मत करो। इस पर सिर्फ कपड़ा ढाँप दो। सुबह मैं खुद साफ कर दूँगी। मैं आपको कितनी तकलीफ दे रही हूँ। सो जाओ। आपकी नींद खराब हो जाएगी।

जुम्मनखाँ ने कहना चाहा कि तुझे मेरी नींद की पड़ी है। अगर तू चली गयी तो मेरी ज़िन्दगी ख़राब हो जाएगी, मगर कह न सके। चुपचाप जाकर सो गये। शायद मौत उन्हें ग़फलत की नींद सुलाना चाहती थी।

वो वाक़ई चली गयी। दबे पाँव। बिना अल्टीमेटम के। बिना कुछ कहे-सुने। रात बारह से दिन के बारह बजे। फ़क़त बारह घंटों में दुनिया वीरान। जुम्मनखाँ अब लाख सोचें कि काश! ऐसा कर लेते, वैसा कर लेते लेकिन जो होना था वो हो चुका। कैसी है ये ज़िन्दगी? एक जिन्दा-जावेद वुजूद देखते ही देखते हाथों में से फिसल जाता है और आप कुछ नहीं कर सकते।

औरों के लिए ये सिर्फ़ एक मौत थी पर जुम्मन खाँ के लिए इसके मानी कुछ और थे जैसे पैरों तले की ज़मीन खिसक गयी हो। ये सूने-सूने दरो-दीवार। ये भायँ-भायँ सन्नाटा। जब उन्हें उसकी सबसे ज़्यादा ज़रूरत थी तब उसने इतना दूर घर बसा लिया। सारी ज़िन्दगी वो समझौते करते आये थे। अपनी मर्ज़ी से कुछ न कर सके। बेटियाँ गयीं। नवासी गयी। एक सहारा बचा था सो वो भी गया।

जुम्मन खाँ तनहाई पसन्द तो थे, मगर ऐसी तनहाई तो नहीं चाहते थे।

(2011)

तफ़तीश

ताश, कैरम, फुटबाल व फ़िल्मों के शौक़ीन इरफ़ान में ये बदलाव अचानक आ गया था कि उसने टी-शर्ट व पैंट छोड़कर ऊँचे पायंचों वाला पाजामा, लम्बा कुर्ता और जालीदार टोपी में वो मुल्ला टाइप बन गया। ये सब तब्लीग़ी जमाअत का असर था जो गाहेबगाहे शहर में आती रहती थी। यह जमाअत अपने हिसाब से भटके हुए मुसलमानों को दीन के रास्ते पर चलाने और नैतिकता का पाठ पढ़ाने की कोशिश करती थी। जमाअत के अमीर की जज़्बाती तक़रीरें नौजवानों के दिलों में दीन के जज़्बे को उभारती थीं और वो जोश-ख़रोश से नमाज़ें पढ़ने और मस्जिदें आबाद करने लग जाते थे और कई तो जमाअत के साथ अल्लाह की राह में निकल पड़ते थे।

इरफ़ान पाँच वक़्त की नमाज़ों का पाबन्द तो नहीं था। हाँ, जुमे के दिन ज़रूर मस्जिद जाया करता था। हुलिया बदलने के साथ ही अब वो पाँचों वक़्त की नमाज़ें पाबंदी से पढ़ने लगा था। इसमें किसी को परेशानी नहीं थी। अल्लाह की इबादत करना तो अच्छी बात है। ख़राब बात तो तब हुई जब वो कामकाज छोड़कर एक बार जमाअत के साथ हो लिया था। गाँव-गाँव, क़स्बे-क़स्बे अपने ख़र्चे पर डोलता फिरा। अपना और औरों का ईमान ताज़ा करता रहा। पीछे बीवी, मियाँ का इन्तज़ार करती, झींकती रही। इरफ़ान के मुहल्ले के बाहर बाज़ार में कशीदाकारी छोटी-सी दुकान थी। किसी तरह गुज़र-बसर हो जाया करती थी। इरफ़ान का काम में, बल्कि

कहना चाहिए कि दुकान में जी लगा रहता था। लगना ही था क्योंकि दिनभर लड़कियों व औरतों की रौनक़ लगी रहती थी। काश! ये वाली मुझे मिल जाती, वो सोचता। उसकी बीवी ख़ूबसूरत थी न बदसूरत, बस ठीकठाक थी। दिल के बहलाने को वो ख़यालों में खोया रहता। मगर ये सब मुल्ला इरफ़ान बनने के पहले की बातें हैं। अब तो वो किसी को आँख उठाकर भी नहीं देखता, चाहे आने वाली दावते-नज़्ज़ारा देने पर आमादा ही क्यों न हो।

कुल मिलाकर वो एक सीधा-सादा शरीफ़ इंसान था और अपने हाल में मस्त रहता था। हाँ, तब्लीग़ी जमाअत के असर से वो ज़रा दुनियादारी से दूर हो गया था। हर वक़्त अल्लाह-रसूल का ज़िक्र और नमाज़ें। उसके पुराने दोस्तों को उसका नया रूप पसन्द नहीं आया और वो धीरे-धीरे उससे दूर हो गये और इरफ़ान नये साँचे में ढलता चला गया। उसे तब मालूम नहीं था कि वो निजात के जिस रास्ते पर चल निकला था वही उसे आफ़तों के दरवाज़े पर ले जाएगा।

उस रोज़ सादा कपड़ों में दो लोग आये थे और उसे दुकान से उठाकर ले गये थे कि साहब को तुमसे कुछ पूछताछ करनी है। कौन साहब? कैसी पूछताछ? तुम चलो बस। सख़्ती दिखायी गयी तो चलना ही पड़ा।

साहब हलक़े के थाने में बैठे थे और वो एक नहीं, कई थे। खूंख़ार दरिन्दों की तरह घूरते हुए। एक-दो सवालों के बाद ही इरफ़ान को मालूम हो गया कि ये पूछताछ नहीं, कुछ और है जिसका अनुभव उसे पहले कभी नहीं हुआ था।

—मियाँ! बड़े शरीफ़ बनते थे। शरीफ़ लँगड़े को कब से जानते हो?

—कौन शरीफ़ लंगड़ा?

—शरीफ़ तेरा बाप! एक़ करारा झापड़ पड़ा। चकरा गया इरफ़ान। बता, उसे कब से जानता था?

—मैं किसी शरीफ़-वरीफ़ को नहीं जानता। आपको ग़लतफ़हमी हुई है साहब। मैं तो...

—मैं तो क्या...? आतंकवादियों से वास्ता रख़ता है और समझता रहा कि हमें पता भी नहीं चलेगा!—अब तक ख़ामोश बैठे मोटे-से साहब ने कुर्सी से उठकर उसका गला पकड़ा और

ज़ोर से झटका दिया। उसका सर पीछे की दीवार से टकराया और वो बोरे की तरह धप्प से फ़र्श पर गिर पड़ा। इसके साथ ही उस पर लातों-घूँसों की बरसात होने लगी। वो उकडूँ बैठकर अपने हाथों से चेहरे व सर को बचाने की नाकाम कोशिश करने लगा। साथ ही दर्द से चिल्लाने लगा। उन लोगों की शक्लों को देखकर लगता था जैसे उन पर पागलपन का दौरा पड़ गया हो। इरफ़ान समझ नहीं पा रहा था कि ये सब उसकी जान के पीछे क्यों पड़े हैं? कौन है ये शरीफ़ लँगड़ा?

—सालों ने जीना हराम कर रखा है। कभी यहाँ, कभी वहाँ। दहशतगर्दी मचा रखी है। क्या चाहते हैं ये लोग? क्यों करते हैं ये सब? ज़रा चैन से नहीं बैठने देते। मेरा बस चले तो इन सबको उधर खदेड़ दूँ। जब अलग मुल्क बना दिया तो यहाँ क्यूँ हमारी छाती पर मूँग दल रहे हैं? तेरी तो...मोटे साहब पर फिर जुनून सवार हुआ और इरफ़ान को बालों से पकड़कर दीवार की तरफ़ कई धक्के दिये।

—साहब छोड़िए। कोई चोट-वोट लग गयी तो मुसीबत हो जाएगी। मैं देखता हूँ, एक नौजवान अफ़सर आगे बढ़ा और इरफ़ान की ठुड्डी को उँगली से उठाकर बोला, बता दे बच्चू!, शरीफ़ लँगड़े को तू कब से जानता है? वो दहशतगर्दी से जुड़ा है। हमें सब पता है, तब्लीग वालों के तार अलक़ायदा से जुड़े हुए हैं। अमेरिका से ख़बर लगी है। परसों हमारे यहाँ जो बम विस्फोट हुए हैं उसमें शरीफ़ का हाथ था और उसने तब्लीग़ जमात की मार्फ़त पासपोर्ट के लिए अप्लाई किया है। साला चकमा देकर भागना चाहता है। तूने ही उसकी पहचान दी थी ना?

—मैंने किसी की पहचान नहीं दी साहब! अल्लाह की क़सम। मेरे अयान के सर की क़सम! मैं किसी शरीफ़ लँगड़े को नहीं जानता साहब। मेरा यक़ीन कीजिए साहब, इरफ़ान गिड़गिड़ाया।

ज्यों-ज्यों उस पर ज़ोर आज़मायी होती रही वह बिलख-बिलखकर गिड़गिड़ाता रहा, यहाँ तक उसके होश जाते रहे।

—डाल दो साले को हवालात में, एक झटके से बड़ा साहब कुर्सी से उठा और झुँझलाता हुआ बड़बड़ाने लगा, सारे मुजरिम शुरु में इँकार करते हैं। कब तक करता है, देखते हैं।

देर रात को इरफ़ान को होश आया और उसने ख़ुद को

सीलन भरे बदबूदार हवालात में पाया। उसके पोर-पोर से दर्द की टीसें उठ रही थीं। बायीं आँख सूज गयी थी। उसकी कोर पर ख़ून जमा हुआ था। शायद किसी के मुक्के से अँगूठी की चोट लग गयी थी। एक बार तो इरफ़ान को लगा जैसे वो कोई बुरा सपना देख रहा है मगर जो कुछ उसके साथ हो रहा था, वो सच था।

वो समझ ही नहीं पा रहा था कि ये सब क्या बला है? एकाएक उसे अपनी बीवी, बेटे अयान और दूध पीती बेटी रूही का ख़याल आया। उन्हें तो पता भी नहीं होगा कि मैं कहाँ हूँ, किस हाल में हूँ और क्यों हूँ? शायद पड़ोसी दुकानदारों ने बीवी को ख़बर कर दी हो। जाने वो कहाँ-कहाँ मारी फिर रही होगी? वो घर से बाहर कम ही निकलती है। उसे दुनिया-ज़हान की ख़बर नहीं है। खुद उसे भी कहाँ है? अख़बार कभी पढ़ता नहीं। रेडियो कभी-कभी सुन लेता है। उसे सियासत में दिलचस्पी नहीं है। उसकी दुनिया महदूद है। वो, उसका काम और उसका घर। लेकिन अब वो एक तूफ़ान की ज़द में था। उसके साथ कुछ भी हो सकता था। जिसे तरह उसे घेरकर बुरी तरह पिटाई की गयी, वो उसके लिए अकल्पनीय और असहनीय थी। हवालात के बाहर टूटे हुए फ़र्शवाले बरामदे की दीवार पर एक मरियल-सा बल्ब उसकी हालत पर जैसे रो रहा था।

पूछताछ का यह सिलसिला चार दिन तक खिंचता रहा वह भी अलग-अलग जगहों पर। उसके हर इनकार पर पूछताछ करने वालों की झुँझलाहट बढ़ती जा रही थी। इसी के साथ तीसरी डिग्री का ज़ोर बढ़ता रहा। वे लोग यही कुछ कर सकते हैं। यही कुछ उन्हें सिखाया गया था। भले उनके फँदे में फँसा आसामी बेगुनाह व मासूम ही क्यों न हो?

इरफ़ान की हालत दिनों-दिन बिगड़ती जा रही थी लेकिन किसी को उसकी हालत की परवाह नहीं थी। वो सच उगलवाना चाहते थे और सच इरफ़ान के पास था ही नहीं। अपने आपको बचाने के लिए मासूमों को फँसाने का यह सिलसिला पिछले कुछ बरसों में अन्धाधुन्ध रफ़्तार से बढ़ता जा रहा था। हज़ारों बेगुनाह लोग वर्दी की साख बचाने की ख़ातिर ग़ैर मियादी मुद्दत के लिए जेलों में सड़ने के लिए मजबूर थे और दुनिया इस सबसे लाताल्लुक़ थी।

इरफ़ान संगीन तफ़तीश से अधमुआ हो चुका था कि एक दिन वे लोग कानाफूसी करते नज़र आये। मालूम हुआ कि वो इरफ़ान ज़रीवाला था जिसकी उन्हें तलाश थी और वे इरफ़ान कशीदेवाले को उठा लाये थे। इरफ़ान ज़रीवाले ने शरीफ़ लँगड़े की पहचान दी थी और जब से उसे भनक हुई कि पुलिस उसकी तलाश में है तब से वह फ़रार है।

—छोड़ो इसे, बड़ा साहब गुर्राया। कहाँ-कहाँ से पकड़ के ले आते हो।

ये उनके लिए मामूल की बात थी लेकिन इरफ़ान के लिए? इन चार दिनों में उसकी दुनिया ही बदल गयी। अब वो मग्न-मस्त इरफ़ान कहाँ रहा, दहशतज़दा इंसान में बदल चुका है। बार-बार उसका पेशाब ख़ता होने लगा है। हर आहट पर वो किसी पागल की तरह सिकुड़-सिमट व सहम जाता है—वो मुझे मार डालेंगे...वो मुझे मार डालेंगे।

पुलिस की हिदायत पर टैक्सी वाले ने उसे घर छोड़ा था। सिर्फ़ छोड़ा ही नहीं, इरफ़ान की बीवी से मनमाना किराया भी वसूल कर लिया था।

—कहाँ चले गये थे तुम इत्ते दिन अयान के अब्बा! मैं कहाँ-कहाँ तुम्हें ढूँढ़ती फिरी और ये क्या हालत बना रखी है? बोलते क्यों नहीं? बीवी भी दहशतज़दा हो गयी थी।

—वो मुझे मार डालेंगे...वो मुझे मार डालेंगे, इरफ़ान के पाजामे से पेशाब का भभका उठ रहा था, वो फिर आएँगे, मुझे ले जाएँगे।

—कौन?...कौन आपको मार डालेंगे अयान के अब्बा!

इरफ़ान पर कपकपी तारी हो गयी। बीवी को जवाब दिये बग़ैर वो बिस्तर की तरफ़ बढ़ा और ढेर हो गया जैसे महीनों से सोया न हो। उसने चादर सर पर ले ली। बीवी उसकी हालत देखकर परेशान हो गयी। वो पड़ोस से मुँह बोले भाई सिद्दीक़ मास्टर को बुला लायी। देखिए भाईजान! इनको क्या हो गया है?

—क्या वो फिर आ गये! इरफ़ान ने चादर से मुँह निकाला। सिद्दीक़ मास्टर को देखकर वो गिड़गिड़ाया, मुझे बचा लो सिद्दीक़ साहब! वो मुझे मार डालेंगे। मैंने कुछ नहीं किया। क़सम से। मैंने कुछ नहीं किया।

सिद्दीक़ मास्टर ने उसे दिलासा दिया और टुकड़ों-टुकड़ों में

उसकी विपदा सुनी। वो जहाँदीदा था। उसे समझने में देर न लगी कि यह एक सन्दिग्ध आतंकवादी के बतौर 'सामान्य' पूछताछ थी जिसका इरफ़ान के दिमाग़ पर घातक असर हुआ है। अगर वक़्त रहते इसका इलाज न कराया गया तो यह दहशत जड़ पकड़ सकती है। इरफ़ान के घर की हालत से वो बख़ूबी वाक़िफ़ था। फिर भी उसने सलाह दी कि इसे किसी बड़े दिमाग़ी डॉक्टर को दिखाना होगा। उसे मालूम था कि उसकी बहन को यह बात समझ में नहीं आएगी कि बड़ी ताक़तों का खेल है जो अपने मतलब के लिए पहले जिहादी पैदा करते हैं, फिर दहशतगर्दों को बढ़ावा देते हैं। अब उन दहशतगर्दों के मुँह ख़ून लग चुका है। वो जानते ही नहीं कि जिहाद का मतलब क्या होता है? यह एक सिलसिला बन चुका है जिसमें गेहूँ के साथ घुन भी पिस रहा है और इसे ये लोग इंसानी ग़लती का नाम देते हैं और ऐसी ग़लतियाँ करने वालों को कभी सज़ा नहीं होती और सज़ा वो भुगतते हैं जो इंसानी ग़लतियों का शिकार होते हैं।

इरफ़ान की बीवी टुकुर-टुकुर सिद्दीक़ मास्टर को देखा जैसे उसे कुछ समझ नहीं आया। उसे लगा जैसे ये किसी और जहान की बातें हैं।

सिद्दीक़ मास्टर के जाने के बाद बीवी इरफ़ान के सिरहाने बैठ गयी। ये क्या हालत बना ली अयान के अब्बा! मेरे सरताज।

जवाब में इरफ़ान की बड़बड़ाहट कि वो मुझे मार डालेंगे, मुझे बचा लो। वो फिर आएँगे। ज़रा-सा खटका होने पर वो पागलों की तरह सहम जाता—क्या वो फिर आ गये?

—कोई नहीं, ख़ातून ख़ाला है।

बीवी दिमाग़ के डॉक्टर को दिखाने तो क्या ले जाती, चौक के बुजुर्ग हकीम साहब को बुला लायी। दिमाग़ पर दहशत का असर है। ये दवाएँ मँगवा लो, हकीम साहब क्या कहते, अल्लाह ने चाहा तो जल्द ठीक हो जाएँगे। ये दवाएँ अक्सीर हैं। वो बेचारी क्या जाने?

यूनानी दवाएँ इतनी महँगी होंगी, ये तब पता चला जब जमा-जत्था बटुए में डालकर दुकान पर पहुँची थी। एक ही पर्ची से उसका नन्हा-सा बटुआ ख़ाली हो गया। यह एक नयी समस्या थी। अब घर कैसे चलेगा? ज्यों-ज्यों ख़बर लग रही थी,

अज़ीज़-रिश्तेदार ख़ैर-ख़ैरियत पूछने के लिए आने लगे। उनकी ख़ातिर तवाज़ो करें कि अपनी सिलाई मशीन पर बैठें। अब वही एकमात्र सहारा थी। दुकान तो तब से बन्द पड़ी थी। अयान के अब्बा की हालत सुधरे तो कुछ समझ में आये। मगर इनकी हालत तो ज्यों की त्यों है। लोगों का क्या है, सलाह देकर चले जाते हैं—किसी अच्छे डॉक्टर को दिखाओ। कैसे दिखाऊँ?

एक सिद्दीक़ मास्टर से उम्मीद थी। वो भी इन दिनों स्कूल के कामों में उलझे हुए हैं। कहा तो था, आएँगे पर आये नहीं...। यह एकाएक मेरी ज़िन्दगी में कैसा तूफ़ान आ गया है। हमें दहशतगर्दी से क्या लेना-देना है? यह होती क्या है? किसी तरह दो बखत की रोटी कमाते थे और जी लेते थे। अब वो भी नहीं। कैसे गुज़र-बसर होगी? अयान के अब्बा कब ठीक होंगे? रह-रहकर इरफ़ान की बीवी को हौल उठता था। अयान अभी छोटा है। फ़क़त नौ बरस का लेकिन समझदार। बज़ाहिर ख़ामोश रहता है लेकिन बाप की हालत देखकर बार-बार मुट्ठियाँ भींचने लगता है। रूही जो अपने अब्बा की गोद में बैठे बग़ैर मानती न थी, अब अब्बा को टुकुर-टुकुर देखे जाती है और घबरा जाती है। जब इरफ़ान बाँहें फैलाकर अपनी तरफ़ बुलाता है तो लपक कर माँ की आग़ोश में छुप जाती है। देखते ही देखते यह क्या हो गया?

इरफ़ान की हालत सुधरने के बजाय गिरती चली जा रही है। चिड़चिड़ा भी हो गया है। जब-तब गुस्से में फनफनाने लगता है। बीवी पर हाथ उठा लेता है और खाने के बर्तन फेंक देता है। अपनी बेबसी ज़ाहिर करने का यही ज़रिआ उसके पास बचा है।

उस दिन अयान मदरसे से लौटा तो घर में एक अबूझ सन्नाटा पसरा हुआ था। उसकी अम्मी रूही को लेकर सिद्दीक़ मास्टर के यहाँ गयी हुई थी। इरफ़ान हस्बे-मामूल अपने बिस्तर पर गुड़ीमुड़ी पड़ा था। अयान को देखते ही चीते की तरह छलाँग लगायी और अयान को दोनों बाज़ुओं से पकड़कर उठाया और धम्म से फ़र्श पर पटक दिया, कहाँ चला जाता है? घर में नहीं रहता है। इधर-उधर डोलता-फिरता है आवारा...। तेरी अम्मी कहाँ है? सब जाने कहाँ चले जाते हैं? वे फिर आ गये तो...और उसके मुँह से झाग निकलने लगे।

फ़र्श पर पड़े-पड़े अयान ने लाचारी से बाप की तरफ़ देखा, मुट्ठियाँ भींची और बड़बड़ाने लगा, छोडूँगा नहीं, मैं उनको छोडूँगा नहीं जिन्होंने मेरे अब्बा की ऐसी हालत कर दी है।

वो बाप से पूछना चाहता था कि वे कौन थे लेकिन इरफ़ान की डरावनी आँखें देखकर सहम गया।

(2011)

अंजामकार

वो तीन थीं। ज़रीना, नसरीन और ख़ातून। ज़रीना और नसरीन तक़रीबन हमउम्र थीं। ख़ातून उनसे पाँच-सात साल बड़ी थी। वो तलाक़शुदा थी। मिज़ाज के फ़र्क़ से उसकी मियाँ से निभी नहीं और उसने दूसरी शादी कर ली। ख़ातून के दो छोटे बच्चे हैं। फ़ैमिली कोर्ट में गुज़ारे का मुक़द्दमा चल रहा है। उम्मीद नहीं कि उसे जल्द ही पैसा मिलने लगेगा। किसी तरह अपना गुज़र-बसर करती है। पहले भाई मदद किया करते थे, फिर उन्होंने भी हाथ खींच लिया।

ज़रीना का ख़ाविन्द कमठे का काम करता था। अपने मन का मुख़्तार है। कभी काम पर जाता है, कभी नहीं। जब दिल करेगा, दोस्तों के साथ बैठकर ताश खेलने लगेगा। सुबह से शाम कर देगा। कभी-कभी शराब भी पी लेता है। जिस दिन वो नशे के घोड़े पर सवार होके आता है उस दिन घर को रौंद डालता है। ज़रीना पिटती जाती है और गालियाँ व कोसने दे-देकर अपने नसीबे को रोने लगती है। ज़रीना के ख़ाविन्द को इस बात का भी गुस्सा है कि उसने बेटे के बजाय दो बेटियाँ क्यों जन दीं? दोस्तों में इसी वज़ह से भद्द होती है कि उसकी जाँघों में ज़ोर नहीं है।

नसरीन का शौहर ऑटो ड्राइवर है और एक ऑटो ड्राइवर में जितने ऐब हो सकते हैं वो सब उसमें हैं। ज़रीना के ख़ाविन्द की तरह वो भी अपने घर से ग़ाफ़िल है। कभी पैसे देता है, कभी नहीं। पैसों के तक़ाज़े पर अक्सर मियां-बीवी में नोकझोंक हो

जाती है। ऑटो भी घर की नहीं है। कालू उस्ताद की है। जब वक़्त पर तयशुदा किराया नहीं मिलता है तो उससे ऑटो छीन ली जाती है। नसरीन के शौहर के ये दिन बेकारी के होते हैं। फिर किसी दिन कालू उस्ताद से हाथाजोड़ी करके ऑटो हासिल कर लेता है। कालू उस्ताद जितना सख़्त है उतना ही रहमदिल भी है। उसकी नज़र नसरीन पर है लेकिन अभी उसने घास नहीं डाली है। देखते हैं, कब तक नज़रअन्दाज़ करेगी। लगाम तो उसके हाथ में है। मियाँ कंट्रोल में है तो बीवी कब तक बचती फिरेगी! ऐसे लोग बीवी तो ले आते हैं लेकिन उसे सँभालने की न कुव्वत रखते हैं, न शऊर। आग़ाज़ ही बता देता है अंज़ाम! नसरीन अभी छड़ी है। एक बच्चा हुआ था लेकिन घर की रौनक बढ़ाने से पहले अल्लाह को प्यारा हो गया।

ज़रीना, नसरीन और ख़ातून एक ही लोकेलिटी में रहती हैं। एक ही गली में पास-पास घर हैं। घर काहे को हैं, दड़बे हैं जिनमें हवा, रौशनी का भी दम घुटता है, इंसानों की तो बात ही क्या है? फिर भी रहना तो पड़ता ही है। जाएँ तो जाएँ कहाँ? सर छुपाने को जगह तो चाहिए ही लेकिन इन तीनों में कुछ तब्दीलियाँ नज़र आने लगी हैं जो लोगों के कान खड़े करने के लिए काफ़ी हैं। अब झीं-झपट कम होने लगी है। ज़्यादातर तीनों बन-सँवर कर रहती हैं। ख़ातून ज्वाइंट फ़ेमिली में ज़रूर रहती है पर उसका खाना-पकाना, रहना-सहना बाक़ी घरवालों से अलग हे। नसरीन व ज़रीना के ख़ाविन्द इस बात की परवाह न पहले करते थे और न अब कि घर की ज़रूरतें कैसे पूरी होती हैं। इधर नये-नये कपड़े, चप्पलें व फ़ैशन के तमाम सामान उन्हें चौंकाते ज़रूर हैं लेकिन उस पर माथा खपाने की ज़रूरत नहीं समझते। उन्हें इस बात की ख़बर है कि घरवाली घर का काम-काज निबटाकर शास्त्रीनगर में औरतों के गृह उद्योग में श्रम करने के लिए जाती है और मुहल्ले में फ़ालतू गप्प हाँकने के बजाय कुछ कमा के ही लाती हैं। भला हो ख़ातून का कि उसने ज़रीना व नसरीन को काम पर लगा दिया।

वो ग्यारह व बारह बजे का दरमियानी वक़्त होगा जब तीनों तैयार होकर घर से निकलीं और हँसी-ठिठोली करती हुई पब्लिक पार्क का रास्ता पकड़ लिया। तीनों बुर्क़ापोश और मुँह पर नक़ाब डाली हुई। सिर्फ ख़ूबसूरत व चमकीली आँखें नज़र

आती थीं। पार्क के कोने में जहाँ मन्दिर है, उसके सामने क़तार में सीमेंट की बेंचें बनी हुई हैं। उन्हीं में एक पर तीनों जम गयीं। नक़ाब से उठती उनकी आँखें पेंडुलम की तरह इधर-उधर डोल रही थीं। ये वो वक़्त था जब पार्क में सुबह की सैर करने वाले और मन्दिर में घंटे, घड़ियाल बजाने वाले और आरती करने वाले ज़्यादातर दर्शनार्थी जा चुके थे। पार्क में सन्नाटा-सा पसरा रहता था। कोई इक्का-दुक्का नज़र आता है। वैसे लोग अपनी धुन में इधर से निलकते ही रहते थे क्योंकि दूसरे इलाक़े में जाने के लिए ये तक़रीबन शार्टकट जैसा था। मन्दिर के सामने वाली सड़क के किनारे चिड़ियाघर था। चिड़ियाघर के सामने एक लम्बी-सी दीवार उठी हुई थी। दीवार के उस तरफ एक तीन सितारा होटल था। यह हिस्सा होटल का पिछवाड़ा था। उस दीवार की ओट से कोई भी पार्क का नज़ारा कर सकता था और पार्क वाले होटल के अहाते में झाँक सकते थे। अब तो मन्दिर के सामने वाले सर्कल पर म्युज़िकल फ़व्वारा लगने के बाद तीन तरफ़ ओपन एयर थियेटर की तर्ज़ पर दर्शकों के बैठने के लिए पत्थर की सीढ़ियाँ बना दी गयी हैं। दीवार के क़रीब वाली सीढ़ियों पर खड़ा होकर कोई आराम से होटल में खड़े किसी शख़्स से बतिया सकता है।

उन तीनों ने अपने बुर्के उतारे और हैंड बैग में ठूँस लिये। जाने कहाँ से नसरीन ने इशारा पाया और वो ख़रामाँ-ख़रामाँ ओपन एयर थियेटर वाली सीढ़ियों की तरफ़ बढ़ चली। ज़रीना और ख़ातून रोज़मर्रा की बातों में मशगूल हो गयीं लेकिन कभी-कभी अपनी सहेली के क़दमों पर नज़र डाल लेती थीं। उन्हें इस बात का रश्क था कि इधर नसरीन की चाल गजगामिनी जैसी हो गयी है। कुछ दिनों पहले तक उसके पाँव काँपते थे और दिल घबराता था।

नसरीन सीढ़ियों पर चढ़ी,. फिर उतरी और गजगामिनी चाल से पार्क के बाहर निकल गयी। किसी का उसकी तरफ़ ध्यान नहीं था सिवा एक बुज़ुर्ग मोटे शख़्स के जो दूर एक बेंच पर बैठा कुढ़ रहा था। वो 70-80 साल का बूढ़ा था। भारी शरीर। माथे पर चन्दन का टीका लगाये हुए और सफ़ाचट सर पर मोटी चोटी। उसकी आँखें कंचों की तरह हरकत में रहती थीं। वो टाइम पास करने के लिए पार्क में चला आता था और

कोई मिल जाता तो उसके कानों में ज़हर घोलने लगता था। उसे बेतहाशा बोलने की आदत थी और अक्सर बेतुकी बातें किया करता था और सुनने वाले बोर हो जाते थे। उसके घर वाले भी उससे दुखी थे और वो घरवालों से दुखी था। उसकी पत्नी व बेटे-बहू से बकझक होती रहती थी। पार्क का यह कोना उसके लिए शरण स्थल था। यहाँ उसे कई कहानियाँ मिल जाती थीं और अगर नहीं मिलती थीं तो वो नमक-मिर्च लगाकर बना लेता था। उन कहानियों को वो तब तक दोहराता रहता था जब तक कहानियाँ दोहरी होकर दम नहीं तोड़ देती थीं।

इन सब बातों के अलावा उसे बुर्क़ेवालियों, टोपी व दाढ़ीवालों से सख़्त नफ़रत थी जिसका इज़हार वो अपनी बातों से अक्सर करता रहता था। इस नफ़रत की वजह बक़ौल उसके 1947 था जब वो लाहौर में था और उसने खुली आँखों से वो सब देखा जिसके क़िस्से किताबों में छपते रहते हैं। साठ बरस बाद भी उसके अन्दर गुस्से व नफ़रत का लावा धधकता रहता है मगर उसका बस नहीं चलता।

नसरीन को उसने जाते हुए देख लिया था। वो कई दिनों से उन तीनों पर गहरी नज़र रख रहा था। एक बार उन्हें टोका भी था, "हर रोज़ बन-ठनके कहाँ जाती हो बाइयों?"

"काम पर जाती हैं बाबा और कहाँ?" ख़ातून ने सहज भाव से जवाब दिया था, "आप भी चलो हमारे संग। वहाँ बूढ़ों के लायक़ भी काम है" और वो खिलखिलाकर हँस दी थी।

"इस उम्र में क्या काम करूँगा मैं? दाल-रोटी लायक़ पेंशन मिलती है। जाओ, जाओ, ज़रा सँभलकर जाना। ज़माना बड़ा ख़राब है।"

नसरीन फाटक से निकलकर फ़ुटपाथ पर होती हुई होटल के लाउंज के एक सोफ़े पर जाकर बैठ गयी और बार-बार कलाई घड़ी को देखने लगी जैसे किसी का इन्तज़ार हो। रिसेप्शनिस्ट ने उस पर उचटती-सी निगाह डाली और अपने काम में लगा रहा। यह वक़्त मुसाफ़िरों के आने-जाने का था। इसलिए कुछ गहमागहमी थी। ज़रा देर बाद एक बेयरा नसरीन के पास आया और उससे बात करके चला गया। पीछे-पीछे नसरीन भी चल दी। नसरीन की चाल-ढाल से नहीं लगता था कि ये जगह उसके लिए अजनबी है, न ही वह होटल की भव्यता से मरऊब

थी। हालाँकि उसके गन्दे व बोसीदा घर के मुक़ाबले यह उसके लिए किसी महल से कम न था। उसे देखकर कोई यह नहीं कह सकता था कि वह मदरसे की मामूली तालीमयाफ़्ता एक ग़रीब गृहस्थिन है। उसका लिबास, उसका ख़ूबसूरत मह-मह करता गुदाज़ बदन उसकी असलियत को छिपाने के लिए काफ़ी था।

तीसरे माले के जिस कमरे में नसरीन दाख़िल हुई तो वहाँ एक पचपन साला अधेड़ शख़्स वोदका से शग़्ल करता हुआ नज़र आया जो मद्रासी लुंगी पहने हुए बैठा था। शीशे की सेंटर टेबल पर एक प्लेट में भुने हुए काजू रखे हुए थे। नसरीन पर निगाह पड़ते ही उसकी आँखों में बेपनाह चमक पैदा हो गयी। उसने फ़ौरन उठकर दरवाज़े की चिटखनी लगायी और नसरीन को बाहों में भर लिया और बेतहाशा यहाँ-वहाँ चूमने लगा।

"ये क्या कर रहे हैं आप?" नसरीन कसमसायी, "ज़रा सब्र से काम लें। भागी नहीं जाती हूँ। कहाँ के हैं?"

"बता देंगे। ऐसी भी क्या जल्दी है! बैठो तो सही। कुछ लोगी?"

"आधा!" नसरीन मुस्करायी। काजू के दो-तीन दाने उठाये और मुँह में भर लिये, "अभी आदत नहीं हुई पर इससे बर्दाश्त बढ़ जाती है। शुरू में तो कड़वी लगती थी।"

मुसाफ़िर ने जवाब नहीं दिया और ख़ामोश नज़रों से उसे तौलने लगा। लगता है, नयी-नयी उतरी है। कैसा साँचे में ढला बदन है! अचानक उसकी आँखों के सामने थुलथुल बदन वाली बीवी का सरापा घूम गया। एक सीमा के बाद पैसा बेमानी हो जाता है और ज़िन्दगी के असल मानी कहीं और नज़र आने लगते हैं। काश! मेरी बीवी ऐसी होती तो ज़िन्दगी सही मानो में हसीन हो जाती। फिर बीवी के ख़याल को झटका और नसरीन की तरफ़ बढ़ा।. नसरीन पीछे खिसकी। कुछ नख़रे दिखाये जैसे वो अपने आप को बचाना चाह रही हो जबकि जानती थी कि उसे इस अजनबी शख़्स को ख़ुश करना है। उसी के तो एक हज़ार रुपये मिलेंगे। बाक़ी जो कुछ मिलेगा वो अलग। जाने कितना वक़्त लगेगा? लगता तो नहीं, ज्यादा खटना पड़ेगा। कैसा उतावलापन दिखा रहा है जैसे कभी औरत देखी ही न हो। उसका आदमी तो उसकी बिल्कुल क़द्र नहीं

करता। आते ही भँभोड़ने लगता है और थोड़ी देर में लस्त-पस्त होकर खर्राटे भरने लगता है।

शुरू में उसे लगता था कि शरीफ़ घराने की हो के भी वो बड़ा गुनाह कर रही है। ख़ुदा के घर उसकी कैसी पकड़ होगी, सोचकर ही दिल दहल जाता है। ख़ातून ने बातों-बातों में उसे किस दलदल में घसीट लिया। अब ये सब खेल लगता है। गुनाह चाहे हो अगर मियाँ ढंग का मिल जाता तो काहे को वो इस दलदल में उतरती। मालूम नहीं, ये उसकी ज़रूरत थी या शौक़ या एक नयी दुनिया देखने की तमन्ना। कहते हैं हर शख़्स के अन्दर सही रास्ते से डगमगाने की ख़्वाहिश छुपी रहती है। शर्म व हया और झिझक, दुनिया का डर– ये सब ऊपरी आवरण हैं। बस, इनके हटने की देर है फिर इंसान तिनके की तरह किसी भी दिशा में बहने के लिए मजबूर हो जाता है। वैसे वो क़िस्मत वाली है कि उसका नम्बर जल्द लग जाता है। ख़ातून और ज़रीना उसकी क़िस्मत पर रश्क करती हैं और कहती हैं कि कभी हम भी तेरी जैसी थीं।

मुसाफ़िर ने एक-एक करके उसके सारे कपड़े उतार दिये। अब वो अलिफ़ नंगी उसकी काँपती बाहों में थी। नसरीन के खुले बदन से जैसे किरणें फूट रही थीं। मुसाफ़िर की कपकपाहट बता रही थी कि वो इस खेल में नया है या नसरीन का बरहना हुस्न देखकर चकाचौंध हो गया है। वो उसे गोद में बैठाकर वोदका सिप करने लगा। कभी-कभी पैग नसरीन के नाज़ुक होठों से लगा देता। नसरीन कसमसा रही थी और चाहती थी कि जिस काम से आयी है वो हो रहे जबकि मुसाफ़िर इन लम्हों को यादगार बनाना चाहता था। फिर कभी ऐसा मौक़ा मिले या न मिले। पैसा ख़र्च किया है तो वसूल भी होना चाहिए। उसके बेक़ाबू हाथ यहाँ-वहाँ डोल रहे थे तभी राहदारी में बहुत-से कदमों की आहट सुनाई दी। इसी के साथ दरवाज़ा भड़भड़ाने की आवाज़।

नसरीन उछलकर एक तरफ़ खड़ी हो गयी और जल्दी-जल्दी कपड़े पहनने लगी। मुसाफ़िर बुरी तरह घबरा गया। फ़ौरन लुंगी बाँधी और क़मीज़ गले में डाली। उसे समझ नहीं आ रहा था कि वो क्या करे? दरवाज़े के उधर कौन होगा? बेयरा तो नहीं! लेकिन उसे तो सब मालूम है। कोई और लफड़ा तो नहीं। कहीं पुलिस तो नहीं। नसरीन सोफ़े पर इस तरह बैठ गयी जैसे वो

उसकी घरवाली या पहचान वाली हो। मुसाफ़िर ने काँपते हाथों से चिटख़नी खोली। वो पुलिसवाले ही थे।

नसरीन और उसकी सहेलियाँ पहले भी यहाँ आती-जाती रही हैं। पहले तो कभी ऐसा नहीं हुआ था। क्या किसी ने मुख़बिरी कर दी थी। कौन मुख़बिरी कर सकता है? यहाँ किसको, किसकी पड़ी है। बहरहाल वो दोनों गिरफ़्त में थे। मजमा लग चुका था और पीटा एक्ट के तहत मुआमला बनाया जा रहा था।

सी.आई. पेड पर झुका हुआ बार-बार कनखियों से नसरीन को देख रहा था। उसके सीने में दिल तेज़ी से धड़कने लगा था। बहुत दिनों से उसने ऐसा आसान शिकार नहीं चख़ा था। आज की रात उसके क्वार्टर में ख़ुशियों की बरात लेकर आएगी। मुसाफ़िर बार-बार हाथ जोड़कर छोड़ने की गुज़ारिश कर रहा था। एक अदना-सा शौक़ की ख़ातिर उसकी इज़्ज़त दाँव पर लग चुकी थी। वो सम्भ्रान्त घराने का लगता था। घर वाले क्या सोंचेगे? पहली बार उसने ऐसी हिम्मत की थी जो हिमाक़त में बदल चुकी थी। मैनेजर भी हाथाजोड़ी कर रहा था लेकिन तमाम कोशिशें नाकाम साबित हुईं और पुलिस लवाज़मा जिप्सी में सवार होकर थाने की तरफ निकल गया। ये एक ऐसी ख़बर थी जिसके बहुत जल्द पंख लगने वाले थे। कल सारे शहर को चटख़ारे के लिए एक नया विषय मिल जाएगा। प्रेस वालों को सुनगुन मिलते ही थाने को फ़ोन करने लगे और कुछ प्रेस फ़ोटोग्राफर के साथ वहीं पहुँच गये।

इधर ज़रीना व ख़ातून को चिउँटियाँ काट रही थीं। बड़ी देर लगा दी। नसरीन आयी नहीं अब तक। ख़ातून दो बार दीवार के पास देख आयी थी। अहाते में पुलिस की गाड़ी व लोगों की भीड़ देखकर उसका जी धक-धक करने लगा—या अल्लाह! ख़ैर करना। कहीं कुछ गड़बड़ न हो गयी हो। उसने अपना अन्देशा ज़रीना को बताया तो वो भी घबरा गयी। उनके चेहरे का रंग फक हो गया था। दूर बेंच पर बैठा मोटा शख़्स मन्द-मन्द मुस्करा रहा था और दोनों औरतों की बदहवासी का मजा ले रहा था। उसके हाथ में मोबाइल था और वो किसी को धन्यवाद दे रहा था, "सिंह साहब! मेरी ख़बर पक्की थी ना? उस मुसल्ली साली को जूते मारो। अभी दो और हैं। इधर ही। दो सिपाहियों

को भेजिए जल्दी।''

ज़रीना और ख़ातून हबड़-तबड़ होटल की तरफ़ दौड़ीं और उल्टे पाँव लौट आयीं। अब वे बुर्क़े में थीं और चेहरा नक़ाब से ढका हुआ।

मोटे शख़्स के पास से गुज़रीं तो अनजान-सा बनते हुए उसने पूछा, ''क्या हुआ बाइयों। यूँ कहाँ भागी जा रही हो? एक्सीडेंट हो गया क्या? वो तुम्हारी सहेली कहाँ है?''

दोनों ने एक नज़र मोटे शख़्स की तरफ़ देखा और ज़वाब दिये बगैर उतावले क़दम बढ़ाती रहीं। उनके सीने में धुकधुकी मची हुई थी। एक बेहतर ज़िन्दगी के लिए जिस रास्ते को उन्होंने आसान समझ लिया था वो इस क़दर काँटों भरा होगा, ये मालूम न था। उनकी इज़्ज़त दाँव पर लग चुकी थी। ख़ास तौर पर नसरीन की। उसका ख़ाविन्द बड़ा गुस्सैल था। जाने क्या कर गुज़रे?

दोपहर तक मुहल्ले में ख़बर फैल चुकी थी कि नसरीन एक होटल में हरामकारी में पकड़ी गयी है। ज़रीना और ख़ातून सहमी हुई चिड़ियों की तरह अपने घोसलों में दुबककर बैठ गयीं। उन्हें तरह-तरह के सवालों का सामना करना पड़ रहा था। वो क्या जवाब देतीं? अभी तो दिन ही कितने हुए थे? इतना जल्दी? आख़िरकार उनके पास देने को था ही क्या? अगर उन्होंने अपनी महरूमियों से समझौता कर लिया होता और आमदन के लिए दूसरे ज़रिये इख़्तियार किये होते तो आज ये दिन न देखना पड़ता। कहीं नसरीन उनके नाम न उगल दे। या अल्लाह! हमारी आबरू बचाइयो। हमारे पास और है भी क्या? बाज़ आयीं हम इस गुनाह से। क्या सोचा था, क्या हो गया?

जैसा कि होना था, नसरीन के मियाँ को ख़बर लगी तो वो गुस्से में फनफनाने लगा। इतनी आग लगी थी साली को? आने दो, उसकी टाँगें न चीर दीं तो मेरा नाम नहीं। नाक कटवा दी हरामज़ादी ने। ऐसी रंडकी को अब हरगिज़ अपने घर में न रखूँगा। कैसी शरीअत? कैसे क़ानून-क़ायदे? तलाक़...तलाक़...तलाक़।

कालू उस्ताद ने सुना तो उसकी बाँछें खिल गयीं। समझाया, गुस्सा बाद में कर लेना। पहले उसकी ज़मानत की फ़िक्र करो।

मैं क्यों करूँ? मरे या जिए मेरी बला से। पड़ी रहे साली जेल में। उसकी यही सज़ा है। मैं किसी को मुँह दिखाने के

लायक न रहा।

कहने की ज़रूरत नहीं कि नसरीन को क़ानून के शिकंजे से छुड़ाने के लिए कालू उस्ताद को ही आगे आना पड़ा।

अगले दिन लुटी-पिटी-सी, शर्मिन्दा-सी नसरीन सर झुकाये घर लौटी तो मुहल्ला जमा हो गया। नसरीन का मियाँ दरवाज़े के बीचोंबीच राह रोके खड़ा था—"इस घर में अब तेरे लिए कोई जगह नहीं है। तू मेरे लिए मर चुकी। मैं तुझे सबके सामने तलाक़ देता हूँ...तलाक़...तलाक़...तलाक़।"

नसरीन ने मायूसाना निगाह अपने मियाँ और घर पर डाली। जमा भीड़ की तरफ़ कातर दृष्टि से देखा। ज़रीना व ख़ातून से नज़रें मिलीं। उनके होठ फड़फड़ा रहे थे। शायद वो कुछ कहना चाह रही थीं, पनाह देने के लिए या हौसला रखने के लिए। ख़ातून ने क़दम बढ़ाना भी चाहा पर हिम्मत नहीं हुई। नसरीन का मियाँ अब फ़हश गालियों पर उतर आया था। बहुत मुमकिन था वो नसरीन की धुनाई करने पर उतारू हो जाता।

"चलता हूँ", कालू उस्ताद ने अपनी मोटर बाइक स्टार्ट की, "गुस्सा ठंडा हो जाए तो आ जाना मेरे पास। कुछ सोचते हैं," इतना कहकर उसने नसरीन की तरफ देखा। उसकी आँखों में आँसू थे। सामने अँधेरा। डबडबायी आँखों में तमाम शक्लें धुँधली होती जा रही थीं। उसे चक्कर आने का-सा एहसास हुआ इससे पहले कि वो लड़खड़ा जाए उसने मोटर साइकिल का सहारा लिया और जाने क्या सोचकर कालू उस्ताद के पीछे बैठ गयी।

(2011)

हाँ, मैं हाजी हूँ!

—तो दाढ़ी क्यों नहीं रखते?

—बेगम को पसन्द नहीं है भाई। शुरू में ख़ान साहब मज़ाक़ में टालने की कोशिश करते रहे लेकिन बार-बार के सवाल से वो झल्लाने लगे, भाई! ये मेरा ज़ाती मुआमला है। इसमें दख़ल देने वाले आप कौन?

—तो क्या आप एक औरत के लिए ख़ुदा व रसूल के अहकाम को ठुकरा देंगे? ख़ुदा ने आपको हज की सआदत नसीब की, शुक्र करो। हरेक को ये सआदत नसीब नहीं होती। लाखों लोग ये अरमान लिये दुनिया से रुख़सत हो जाते हैं और एक आप हैं कि हुज़ूर स.व. की एक सुन्नत से चश्मपोशी कर रहे हैं। कैसे मुसलमान हैं आप?

बस, इतना सुनना होता कि ख़ान साहब हत्थे से उखड़ जाते और लड़ने-भिड़ने पर आमादा हो जाते। ये तो उनको बाद में मालूम हुआ कि वो पत्थर से सर फोड़ रहे थे। ये आधे-अधूरे व जाहिल लोग दीन के मसलों पर इस तरह बहस-मुबाहसा करते हैं जैसे उन्होंने इस्लाम की सारी बारीकियाँ समझ ली हैं, जबकि ये वो लोग थे जिन्होंने समझे बग़ैर कुछ किताबें पढ़ ली थीं और मौलानाओं की तक़रीरों से अपना ज़ेहन बना लिया था कि जो वो जानते व समझते हैं, वही सच है। उसके अलावा कुछ नहीं।

ख़ान साहब को दाढ़ी से चिढ़ थी। बेगम का नाम तो वो यूँ ही ले लिया करते थे। इधर इस्लाम का नाम बदनाम करने

वाले कथित जिहादियों की भेड़चाल में पढ़े-लिखे मुस्लिम भी दाढ़ी रखने लगे थे, ख़्वाह उनका पहनावा पश्चिमी तर्ज़ का ही क्यों न हो! भाँत-भाँत की दाढ़ियाँ ख़ान साहब को अजीब लगती थीं। किसी के घोड़े की पूँछ की तरह लटकती हुई। किसी के झाड़-झंखाड़ की-सी। दाढ़ी भी मर्द के चेहरे पर तब फबती है जब वो क़रीने से तराशी हुई हो। आम मुसलमानों की हर तान पैग़म्बर हज़रत मुहम्मद स.व. की सुन्नत पर आकर टूटती थी कि उन्होंने ऐसा किया था, वैसा नहीं किया था। मुहम्मद साहब की कथनी व करनी के पीछे क्या लॉजिक था, इससे किसी को वास्ता न था। उनके ज़माने मे यहूदी व ईसाई बड़ी-बड़ी मूँछें रखा करते थे जिनसे घमंड की बू आती थी। इसलिए पैग़म्बर ने नौ मुस्लिमों को हुक्म दिया कि वो मूँछों पर ताव देते हैं। हम ख़ुदा के बन्दे हैं इसलिए हमें विनम्रता दिखाने के लिए दाढ़ी बढ़ानी चाहिए जो हमारी शिनाख़्त भी होगी।

खान साहब ये तो मानते थे कि दाढ़ी मुहम्मद साहब की सुन्नत है मगर ये नहीं मानते थे कि कोई उन्हें दाढ़ी रखने के लिए मजबूर करे। वे ड्रेस कोड के भी ख़िलाफ़ थे। उन्हें हर क़िस्म की गुलामी से चिढ़ थी। चाहे वो मज़हब की हो, समाज की हो या क़ानून-व्यवस्था की। इंसानी आज़ादी को वो तरजीह देते थे। नौकरी में भी उनका यही उसूल रहा।

एशियाई देशों में ये रिवाज-सा बन गया है कि जो हज करके आता है, वो दाढ़ी रख लेता है ताकि उसकी पहचान बन जाए कि ये दीनदार शख़्स है। हाजी के लिए यह कहा जाता है कि वो हज करने के बाद ऐसा बन जाता है जैसे तमाम गुनाहों से पाक-साफ़ हो के ताज़ा-ताज़ा माँ के पेट से निकला हो। उसे अपनी बकिया ज़िन्दगी बड़ी नेकनामी से गुज़ारनी चाहिए, जैसे संन्यास आश्रम में प्रवेश करने वाला कोई व्यक्ति गुज़ारता है या गुज़ारनी चाहिए लेकिन उमूमन ऐसा होता नहीं। बन्दा है तो उससे ख़ता होगी ही। अगर उसके स्वभाव में झूठ, फ़रेब, बेईमानी, हरामकारी और रिश्वतख़ोरी वग़ैरह-वग़ैरह हैं तो वो ये सब काम मरते दम तक करेगा। हज का बिल्ला उसकी फ़ितरत को नहीं बदल सकता।

ख़ान साहब को ऐसे सवालों और बहसों में इसलिए उलझना पड़ता था कि वो वक़्त गुज़ारी के लिए मुग़ल दरबार

होटल में जाने लगे थे जहाँ उनको कुछ शनासा या दोस्त-अहबाब मिल जाते थे। मुग़ल दरबार होटल इलाक़े की मस्जिद के नीचे थे। वहाँ देर तक रौनक़ बनी रहती थी। दोस्तों व पहचान वालों से मिलना-जुलना किसे अच्छा नहीं लगता लेकिन जहाँ चार आदमी जमा हों वहाँ गुफ़्तगू तो होगी ही और जब गुफ़्तगू होगी तो ना चाहते हुए भी बहस शुरू हो जाएगी। फिर हर शख़्स अपने इल्म के हिसाब से ख़ुद को सही साबित करने की कोशिश करेगा। ऐसी होटलों में क़ौम की तरक़्क़ी के मंसूबे बनाने के बजाय या तो सियासत की अधकचरी बहसें होतीं या दीन के मस्अलों पर बहस छिड़ जाती। सच तो यह है कि दीन के बाल की खाल ज़्यादा निकाली जाती। मसलन दाढ़ी का ही मस्अला लीजिए। कोई कहता, दाढ़ी इतनी ही हो जो एक मुट्ठी में आ जाए। कोई इस बात पर बज़िद होता कि दाढ़ी को बढ़ने से न रोकना चाहिए। ये तो चेहरे का नूर होती है।

—चाहे उसमें से बदबू क्यों न आने लगे? ख़ान साहब तंज़ करते।

—ख़ुशबू लगा दीजिए, परेशानी क्या है? इस्लाम में हर परेशानी का हल मौजूद है।

—सिवा ज़हालत के! ख़ान साहब हौले से कहते और मुस्कराते।

ख़ान साहब सरकारी अफ़सर थे। बड़ी ईमानदारी से उन्होंने नौकरी की। पहले उनका सर्कल ग़ैर-मुस्लिमों का था। वहाँ भी उन्हें बहसों में उलझना पड़ता था। इस्लाम और मुसलमानों के बारे में आम शंकाओं का समाधान वो अपने इल्म से करते थे। वो पढ़ते ख़ूब थे। जहाँ तक हो सका उन्होंने मज़हब, पन्थ व फ़िरक़े को समझने की कोशिश की। यही वजह थी कि उनके ग़ैर मुस्लिम दोस्त उनकी दलीलों से क़ायल हो जाते थे लेकिन रिटायरमेंट के बाद ख़ान साहब का वास्ता जिन जाहिलों से पड़ने लगा था वो उनकी परेशानी व उलझन का बाइस बन गये थे। ये वो लोग थे जो कुछ मान के देते ही नहीं थे। मुर्ग़े की एक टाँग वाली कहावत उन पर लागू होती थी। ख़ान साहब का ये मानना था कि इस्लाम चाहे दुनिया के हर ख़ित्ते में पहुँच गया हो मगर जुग़राफ़ियाई असर हर मुल्क का अलग-अलग है, इससे इन्कार किया ही नहीं जा सकता। जो लिबास अरब मुल्कों में

राइज है वो दूसरे मुल्कों में नहीं हो सकता। अगर ऐसा किया जाता है तो वो भौंडी नक़ल ही होगी। जो लोग बात-बात में मुहम्मद साहब का हवाला देते, उनसे यह पूछा जाता कि तुम लोग पैंट-शर्ट क्यों पहनते हो? उनकी तरह तहमद-कुर्ता टख़नों तक नीचा क्यों नहीं पहनते? वो भी तो सुन्नते-रसूल है। उन्होंने अपनी उम्र से बड़ी बेवा से निकाह किया था।

अगर आज हम ऐसा करें तो हम पर फ़ौरन उँगलियाँ उठ जाएँगी। हर क़ौम अपने रहबर को क़द्र की निगाह से देखती है। उनकी तारीफ़ में ज़मीन व आसमान के कुलाबे मिलाती है, ये फ़ितरी बात है लेकिन उनकी बातों को लेकर सर फुटौव्वल करना आज के ज़माने में क़तई मुंनासिब नहीं है, इस पर हमें ग़ौर करना चाहिए।

—ख़ान साहब! आप बड़ी बहकी-बहकी बातें करने लगे हैं। कहीं आप पर सलमान रुश्दी का साया तो नहीं पड़ रहा है?

—सलमान रुश्दी का साया मुझ पर क्यों पड़ने लगा? क्या ख़ुदा ने मुझे अक़्ले-सलीम नहीं दी है।

—शुक्र मनाओ कि हिन्दुस्तान में हो। पाकिस्तान में होते तो रसूल की तौहीन में हलाक कर दिये जाते। क्या पाकिस्तान के उस वज़ीर के अंजाम से आप बेख़बर हैं?

—मैं न उससे बेख़बर हूँ, न यहाँ के मुसलमानों से बेख़बर हूँ। मुझे तो अलग-अलग फ़िरक़ों की विचारधाराओं से उपजी लड़ाइयों से कोफ़्त होती है। अब आप बताइए, अगर अहले-हदीस का कोई नमाज़ी हमारी मस्जिद में आ गया और ज़ोर से आमीन पुकार दी या सर पर टोपी नहीं रखी तो क्या हो गया? जहाँ से इस्लाम आया है, उस सऊदी अरब के मक्का व मदीना में कोई किसी को नहीं टोकता चाहे हाथ छोड़ के नमाज़ पढ़ें या ज़ोर से आमीन पुकारें। मक्का के काबा में तो मर्द और औरत इबादत के लिए एक सफ़ में खड़े होते है। हिन्दुस्तानी हाजी नाक-भौं सिकोड़ते हैं कि हम औरत के पीछे खड़े होकर नमाज़ नहीं पढ़ते। यूँ सारी उम्र औरत के लिए पीछे पड़े रहते हैं। आप लोग हिन्दुओं के देखादेखी क़ब्रों की पूजा करते हो, अरब में इसकी सख़्त मनाही है। ये और बात है कि सऊदी अरब पेट्रो-डॉलर के दम पर अपने वहाबी मस्लक को दुनिया भर में फैलाना चाहता है। एक तरफ कहते हो कि इस्लाम में मर्द और

औरत को बराबरी का दर्जा दिया गया है, दूसरी तरफ़ ख़ुद सऊदी अरब में औरत को सड़क पर गाड़ी चलाने से रोका जाता है। सऊदी औरतें इसके लिए आन्दोलन कर रही हैं, क्या आपको मालूम है?

आपको तो ये भी मालूम नहीं होगा कि इस्लाम में बादशाहत का तसव्वुर भी नहीं फिर भी वहाँ एक शख़्सी बादशाह की हुकूमत है। इस्लाम की जुम्हूरीयत की बड़ी दुहाई देते हो। मुस्लिम मुल्कों में डेमोक्रेसी है कहाँ? ज़्यादातर अमेरिका के हुजूर सज्दे में पड़े हैं और कहते ये हो कि ग़ैर ख़ुदा को सज्दा हराम है। हमारे यहाँ बहुत गोलमाल है तभी तो हम जहालत में पड़े हैं। पश्चिमी ताक़तों के दुष्प्रचार के तोड़ का हमारे पास कोई कारगर उपाय नहीं है। साइंस और टेक्नोलॉजी से हमारा क्या वास्ता? हमारी फ़िक्र तो मस्लकी झगड़ों से ऊपर उठती ही नहीं। क्या आप लोगों ने यूनान के दार्शनिक प्लोटॉरिक का नाम सुना है जो कहता था कि दुनिया की सारी ज़बानें, सारी तहज़ीबें, कल्चर, समाजी सिस्टम, क़ानून-क़ायदे और मज़हब इंसानों के बनाये हुए हैं। धर्मों में मतभेद इस वजह से है कि वो क़ुदरती नहीं हैं। क़ुदरती चीज़ों में पानी, हवा, आग और ज़मीन शामिल हैं जो सब जगह एक जैसे हैं। आप तो कन्फ्यूसियस, ताओ, बुद्ध, महावीर व चार्वाक वग़ैरह के फ़ल्सफ़ों के बारे में न जानते होंगे। आपके अल्लामा इक़बाल जो इस्लाम के बड़े नामलेवा थे, ये कहने के लिए मजबूर हो गये कि... "मज़हब है जिसका नाम वो है इक जुनूने-ख़ाम...।"

—बस, बस। रहने दीजिए ख़ान साहब! आगे कुछ बोलेंगे तो बुरा लगेगा। अपने इल्म की धौंस किसी और को दिखाइए। लगता है आप दहरिये (नास्तिक) बनते जा रहे हैं। जब आपके ख़यालात ऐसे हैं तो आपकी नमाज़ें, रोज़े, हज सब ग़ारत हैं। आप अपने आप को हाजी कहते हैं।

—हाँ, मैं हाजी हूँ मगर आप बार-बार मेरे हाजी होने का ताना क्यों देते हैं? क्या हज करने के बाद दिमाग़ पर ताला पड़ जाता है? मेरा ये कहना है कि दीन की अच्छी बातों पर हमारा ध्यान होना चाहिए, ना कि छोटी-छोटी बातों पर। जो लोग किसी धर्म को नहीं मानते हैं वो भी मालिक से रिश्ता जोड़ लेते हैं। तो असल चीज़ कुछ और है...।

—आप बिला शुब्ह जहन्नुम जाएँगे।

—अगर वो होगा तो! जाने कैसे ख़ान साहब के मुँह से निकल गया। बस, फिर क्या था! सब उन पर पिल पड़े। बड़ी मुश्किल से उनकी जान छूटी। ख़ान साहब ने तहैया कर लिया कि आयन्दा मुग़ल दरबार की इस मंडली में नहीं बैठेंगे। जब ये लोग किसी की बात सुनने के लिए भी तैयार नहीं तो इनसे क्या बात की जाए?

पहले ख़ान साहब को इलाक़े के तमाम लोग बड़ी इज़्ज़त की निगाह से देखते थे कि कहीं सरकारी अफ़सर थे, भले उनका उनसे काम न पड़ता था। मगर जब से उनके ख़यालात से आगाही हुई वो उनसे कतराने लगे। मुसलमान नाराज़ हो जाए तो दुआ-सलाम बन्द हो जाती है। अगर सलाम का जवाब देना पड़ जाए तो बड़े ठंडेपन व बेदिली से जवाब दिया जाता है। ख़ान साहब के साथ ऐसा ही रवैया इख़्तियार किया जाने लगा। रफ़्ता-रफ़्ता ख़ान साहब अपने में महदूद होकर रह गये। सोचा तो ये था कि इन कठमुल्लाओं और हुज्जती लोगों के दिमाग़ के जाले साफ़ करेंगे पर उन्होंने तो इनका ही पत्ता साफ़ कर दिया। कोई बात नहीं। वक्त गुज़ारी और मेल-मुलाक़ात की दुनिया में और भी साधन हैं। अच्छा हुआ कि इन जाहिलों से पीछा छूटा।

ख़ान साहब ने मुग़ल दरबार होटल में बैठना भले छोड़ दिया था, मस्जिद उनसे नहीं छूटी। नमाज़ों में उनका जी लगता था और एक क़िस्म का सुकून मिलता था। ख़ुदा की ख़ुशनुदी या जन्नत की हूर-परियों के लालच से क़त्अ-ए-नज़र वो नमाज़ें पाबन्दी से पढ़ते थे। रिटायर्ड आदमी के लिए ये शग़्ल भी बोरियत कम करने का एक कार-आमद तरीक़ा था। ख़ुदा ख़ुश तो बन्दा भी चंगा। हिन्दू-भाई भी कहते हैं कि आत्मा-परमात्मा का अंश होता है। विज्ञान भी मानता है कि सृष्टि की हर चीज़ का महा ऊर्जा से सम्बन्ध होता है तो नमाज़ों का महा ऊर्जा से सरोकार रहता है तो इसमें ग़लत क्या है? यूँ भी हाजी को नमाज़ी होना चाहिए। अब तक ग़फ़लत में ज़िन्दगी गुज़री, आगे न गुज़रे।

मगर उन्हें मालूम न था कि बन्दगी में भी उनका भला न होगा। हुआ यूँ कि जुमे के रोज़ प्रदेश के मुफ़्ती-ए-आज़म नईम साहब नमाज़ के लिए उस मस्जिद में तशरीफ़ लाये थे। ख़ान

साहब ने मौक़ा ग़नीमत जाना और बाद नमाज़ मुफ़्ती साहब की मजालिस में औरों की तरह दो ज़ानूँ होकर बैठ गये और दरख़्वास्त की कि मुफ़्ती साहब! आपका हुक्म तमाम मस्जिदों पर चलता है। क़िब्ला ये बताइए कि ये जो लाउड स्पीकरों से पंच वक़्ता अज़ानें दी जाती हैं, क्या ये दुरुस्त तरीक़ा है? इनसे लोगों को कितना ख़लल होता है ख़ास तौर से सुबह के वक़्त। पास-पास इतनी मस्जिदें हैं, उनके मुअज़्ज़िन एक साथ चिंघाड़ते हैं तो...

—क्या कहा? मुफ़्ती साहब के पास बैठा एक दढ़ियल नौजवान मुक्का तानकर खड़ा हो गया, अज़ान को आप चिंघाड़ना कहते हैं। होश में तो हैं।

मुफ़्ती साहब और हाज़रीन के चेहरे पर नागवारी के भाव पैदा हो गये।

ख़ान साहब से यहीं चूक हो गयी। उन्हें चाहिए था कि माहौल को देखते हुए ख़ामोशी इख़्तियार करते मगर बरसों से उनके सीने में जो लावा पक रहा था उसे उँडेल दिया। कहने लगे, शुरू में जब लाउडस्पीकर से अज़ान दी जाने लगी तो आप लोगों ने ही इसके ख़िलाफ़ फ़तवा दिया था कि इस्लाम की रू से ये जायज़ नहीं है और आज फुल वॉल्यूम के साथ अज़ानें दी जा रही हैं। आज के ज़माने में इसकी ज़रूरत ही कहाँ है? नमाज़ के ख़ास अवक़ात होते हैं। हर घर में घड़ी मिल जाएगी। मेरा ख़याल है फुल वॉल्यूम से अज़ान देना ठीक नहीं है।

किसी ने कहा कि ये जो वक़्त, बेवक़्त देर तक घंटे-घड़ियाल बजाते रहते हैं उनसे ख़लल पैदा नहीं होता? हमारी अजानें तो फ़क़त दो-तीन मिनट के लिए ही होती हैं।

—दो-तीन मिनट तो कहने की बात है। पाँच दस मिनट तक शोर रहता है। बराहे-करम हिदायत जारी करें कि या तो लाउडस्पीकर से अज़ानें देना बन्द हो या वॉल्यूम कम रखा जाए ताकि लोगों को परेशानी न हो। हमें ये नहीं भूलना चाहिए कि हम हिन्दुस्तान में रहते हैं, इस्लामी मुल्क में नहीं। आपको मालूम होगा कि दुबई मुस्लिम मुल्क है फिर भी वहाँ लाउडस्पीकर से अज़ान देना मना है। मिस्र के क़ाहिरा में तो एक ही मस्जिद से अज़ान दी जाती है जिसका प्रसारण तमाम इलाक़ों में हो जाता है। हमें मुआमलों की तह तक जाना चाहिए। हम कब

तक लकीर के फ़क़ीर बने रहेंगे? सारी दुनिया हमारा मज़ाक़ उड़ा रही है। अमेरिकी व पश्चिमी ताक़तें हमें बदनाम करने के लिए पीछे पड़ी हुई हैं, फिर भी हम सँभल नहीं रहे हैं। बेकार मस्लकी झगड़ों में उलझे हुए हैं। आप ख़ामोश क्यों हैं मुफ़्ती साहब! क्या मैं ग़लत कह रहा हूँ?

मुफ़्ती साहब फिर भी न बोले। उनके चेहरे की सख़्ती बता रही थी कि वो इस शख़्स को नापसन्द कर रहे हैं। ये उनके अधिकारों में हस्तक्षेप है। इस शख़्स की बातों से बाग़ियाना बू आ रही है। जब अपने ही घर में ऐसे दुश्मन हों तो दूसरे दुश्मनों के लिए क्या कहें? लगता है इस शख़्स का दिमाग़ी सन्तुलन ठीक नहीं है। इसका माकूल इलाज होना चाहिए। उनकी भवों की भाषा पढ़कर चन्द नौजवान उठकर खड़े हो गये। एक नौजवान तैश में आकर बोला, "जनाब! हाजी होकर आप कुफ्र बोल रहे हैं। वो भी हमारी मस्जिद में।"

ख़ान साहब भी खड़े हो गये। हाँ, मैं हाजी हूँ, तो? मैं कुफ्र नहीं बोल रहा, जायज़ बात कह रहा हूँ। मस्जिद अल्लाह का घर है, इसमें हमारी-तुम्हारी से क्या मतलब है? लाउडस्पीकर से चिंघाड़ना बन्द कीजिए. वर्ना मैं कलेक्टर को शिकायत करूँगा। मेरी बात ही नहीं समझ रहे हैं आप...।

ख़ान साहब में बुर्दबारी तो थी लेकिन उन लोगों के सुलूक से वो अपना आपा खो बैठे। वो भी आख़िर इसी क़बीले के थे।

—तेरी तो...एक शख़्स ने उनका गिरेबान पकड़ लिया। अब वो पाँच-छह दढ़ियल नौजवानों के घेरे में थे। वे सब के सब ईमान से लबरेज़ थे और इस्लाम के दुश्मनों को सबक़ सिखाना ख़ूब जानते थे। उनका ज़रा-ज़रा-सी बातें इस्लाम के लिए ख़तरा महसूस होती थीं। वो जिहादी तेवर वाले लोग थे। आन की आन में एक सीधी-सहज बात का बतंगड़ बन गया। किसी ने अचानक थप्पड़ रसीद कर दिया। किसी ने पेट में घूँसा मारा तो किसी ने पीछे से लात मारी। फिर बेतहाशा लातों-घूँसों की बारिश होने लगी। ख़ान साहब चाक-गिरेबाँ हो गये। उनके होठों व नथूनों से खून रिसने लगा और उनकी नेकनामी आँसू बहाने लगी।

मुफ़्ती साहब होठ सिये बैठे रहे। बड़ी देर बाद उनके होठ हिले, ऐसा नहीं होना चाहिए। ये ग़लत हरकत है। ये हमारा शेवा नहीं है। छोड़िए इन्हें।

लेकिन जब ईमान का नशा चढ़ा हो तो इमाम, मौलाना व मुफ़्ती की बात भी सुनाई नहीं देती। उन्होंने ख़ान साहब को टाँगाटोली करके मस्जिद के बाहर ला पटका, आयन्दा इस मस्जिद में क़दम रखा तो टाँगें चीर कर रख देंगे। ख़ान साहब ने जवाब देने के लिए मुँह खोलना चाहा तो नमकीन ख़ून व थूक से उनका मुँह भर गया। उन्हें महसूस हो रहा था जैसे वो कोई ख़्वाब देख रहे हैं। ये काई हादसा या वारदात नहीं है। मगर हक़ीक़त यही थी कि वो पिट गये थे और बड़े बेआबरू हो गये थे। ये क़ौम कभी नहीं सुधर सकती, उन्होंने सोचा, अक़्ल से तो इनका वास्ता ही नहीं। फ़ौरन जामे से बाहर हो जाते हैं। दावा तो करते हैं कि इस्लाम अमन और सलामती का मज़हब है और अमल इनका ऐसा है कि शैतान भी शरमाए। अगर इस्लाम के फैलाव के लिए कोशिशें करने वालों को ये मालूम होता कि अगले ज़मानों में ऐसे मुसलमान होंगे तो वो काहे को इस्लाम के लिए कुर्बान होते। सच तो यह है कि पैग़म्बरों की तमाम नसीहतों व शिक्षाओं पर उन्हीं के मानने वाले पानी फेर देते हैं। जिनके नाम से लड़ते-भिड़ते हैं, उन्हीं को नहीं मानते हैं। पैग़म्बरे-इस्लाम तो दुश्मनों को भी मुआफ़ कर देते थे और ये कैसे मुसलमान हैं कि किसी की जायज़ बात सुनने को भी तैयार नहीं हैं।

ऐसा नहीं था कि वहाँ सब ख़ान साहब की जान के दुश्मन थे। कुछ उनके हिमायती भी थे। दिल से उनकी इज़्ज़त करते थे।

—आपको इनसे उलझने की जरूरत नहीं थी ख़ान साहब, उनके पड़ोसी रियाज़ अहमद पठान बोले, "ख़्वाहमख़ाह अपनी इज़्ज़त का फ़ालूदा बनवा लिया। चलिए, महबूब साहब के क्लिनिक पर चलते हैं। इस हालत में घर जाइएगा तो भाभी साहिबा क्या सोचेंगी? चाक-गिरेबाँ में कैसे मजनूँ जैसे दिख रहे हैं।"

—हाँ, मैं मजनूँ हूँ। हर जुनूनी आदमी मजनूँ ही होता है, ख़ान साहब ने फीकी हँसी के साथ क़दम बढ़ाये। देखना, एक दिन मैं लाउडस्पीकर से अज़ानें बन्द करवा के रहूँगा।

—फ़िलहाल तो इन्होंने आपकी बोलती बन्द कर दी है, पठान ने उनका हाथ थामकर कहा—चलिए क्लिनिक। क्या ज़माना आ गया है, मुसलमान, मुसलमान को मार रहा है वो भी ख़्वाहमख़ाह।

ख़ान साहब कराहते हुए बोले, ज़माना बदल गया पर मुसलमान नहीं बदला। आग़ाज़ ही जब ऐसा था तो अंजाम भी ऐसा होना था...उन्होंने पलट कर मस्जिद की तरफ़ देखा तो कई जोड़ी ख़ूंख़ार आँखें उन्हें घूर रही थीं और कई तमाशबीन बने चेमेगुइयाँ कर रहे थे।

(2011)

के. हमला

हमने लूत (अ.स.) की क़ौम को पत्थरों की बारिश से हलाक कर दिया क्योंकि उसने हमारे पैग़म्बर की नाफ़रमानी की थी...हमने तुम्हारे लिए औरत को पैदा किया तो तुम मर्दों के पीछे क्यों भागते हो...?

(भावार्थ : क़ुर्आन)

सुबह अख़बार पर नज़र पड़ते ही गुफ़रान ने अपने यार इमरान को फ़ोन लगाया, ''आज का अख़बार देखा?''

''हाँ देखा'', उधर इमरान की आवाज़ में ख़ुशी झलक रही थी, ''अब तो बड़े भाई ने भी हमारी ताईद कर दी है। अब देखते हैं, कैसे लगाते हैं हम पर पाबन्दियाँ?''

गुफ़रान का दिल बल्लियों उछल रहा था, ''हाँ, यार! बड़े भाई की किसी हरकत पर इन्कार करने का इनमें माद्दा नहीं है। देखा नहीं, परसों हमारा सिपहसालार अपनी कमज़ोरियों और मजबूरियों का कैसा रोना रो रहा था। हमारा मुल्क पूरी तरह, बल्कि बुरी तरह बड़े भाई की गिरफ़्त में आ चुका है। अब वही होगा जो वो चाहेगा। यार, जश्न होना चाहिए। क्लब के सारे मेम्बरों को इत्तिला कर दो।''

''कुछ को तुम करो, कुछ को मैं करता हूँ।'' इमरान चहककर बोला।

दरअस्ल वे दोनों गे-क्लब के मेम्बर थे। एक दिन पहले ही उनके मुल्क के आक़ा ने अपनी दूतावास में समलैंगिकता की हिमायत में एक बड़ा आयोजन किया था जिसमें बड़े अफ़सरान, विदेशी डिप्लोमेट्स, फ़ौजी और आला हुक्काम शरीक हुए थे।

उन सबकी एक ही राय थी कि इंसानों के रहन-सहन पर किसी क़िस्म की पाबन्दी नहीं होनी चाहिए। हर शख़्स को अपनी तरह जीने का हक़ है। इसमें मज़हब और समाज को आड़े नहीं आना चाहिए।

उस दिन क्लब में ख़ूब हंगामा हुआ था। लिपटा-चिपटी हुई थी गोया सबकी लॉटरी खुल गयी हो। कहने को वो ऐसे शहर में रहते थे जहाँ इस्लामी क़ानून लागू थे पर वहाँ वो सब कुछ राइज था जो पश्चिमी देशों में होता था। ऐसा कोई गुनाह नहीं था जो वहाँ नहीं होता हो। नंगई और बेशर्मी का ऐसा मुज़ाहरा पहले कभी देखने में नहीं आया था। शहर की पुलिस को मालूम था लेकिन वह वहाँ झाँकने तक नहीं आयी। वैसे भी उसकी जान साँसत में थी। आए दिन धमाके होते थे। लाशें बिछ जाती थीं। जान व माल का भारी नुक़सान होता था। मुल्क का वो ख़ूबसूरत व तिजारती शहर, शहर नहीं रह गया था, क़त्लगाह बन गया था। इतना बदसूरत कि देखते ही घिन आती थी। बदन काँप के रह जाता था। पिछले आठ बरसों में उस मुल्क ने किसी शोबे में तरक़्क़ी न की हो लेकिन क़त्ल व ग़ारतगीरी में उसने बेपनाह तरक़्क़ी कर ली थी। इस तरक़्क़ी में सबका हाथ और हित था। हुकूमत का, फ़ौज का, सियासतदानों का, मज़हबी जुनूनियों का, क़बीलियाई जाहिलों का और सबसे ज़्यादा उस आक़ा का, जिसने मदद के नाम पर एक आज़ाद व ख़ुद मुख़्तार मुल्क को अपना ग़ुलाम बना लिया था। वो जब चाहता, जैसे चाहता, दनदनाता हुआ उस मुल्क में कहीं भी घुसा चला आता। हवाई व ज़मीनी हमले करता और उड़न-छू हो जाता। हुकूमत बेबसी से मुँह टापती रह जाती या उसका ढोंग करती। उस मुल्क की हुकूमत उस ग़रीब की जवान व ख़ूबसूरत बेटी की तरह थी जिसे मुहल्ले का दादा रात-बिरात रौंदकर चला जाता है और माँ-बाप कोने में बैठे बिसूरते रहते हैं। तमाम हमलों के दरमियान कल्चरल हमला भी गाहे-ब-गाहे होता रहता था, जैसे दबे पाँव शिकारी चीता बढ़ता चला जा रहा हो। ये हमले जंगी हमलों से भी ज़्यादा ख़तरनाक थे क्योंकि इन हमलों से जान नहीं जाती थी, इंसान की आन व पहचान चली जाती थी।

ऐसे अफ़रा-तफ़री के माहौल में होमो की हिमायत किसी सौग़ात से कम न थी। इमरान व गुफ़रान जो कई दिनों से पसोपेश में थे, आक़ा की इस हिमायत से बड़े ख़ुश नज़र आ

रहे थे। उनकी उम्र पच्चीस को पार कर चुकी थी पर वे शादी के लिए तैयार नहीं थे। दोनों के घर वाले उनकी ज़िद की वजह से परेशान थे। उनके लिए दुल्हनें तलाश की जा चुकी थीं। इत्तिफाक से दोनों अपने परिवार में इकलौते जवान बेटे थे। उनके माँ-बाप बेटों का घर बसा हुआ देखना चाहते थे। बहनें भाभियों से चुहलें करने की मुन्तज़िर थीं लेकिन दोनों ने कुछ और ठान रखी थी। रहेंगे, जीएँगे तो साथ, मरेंगे तो साथ। इमरान एक्टिव था, गुफ़रान पेसिव। गुफ़रान स्कूल के ज़माने से ही ज़नानापन की तरफ़ बढ़ चुका था बल्कि बढ़ाया जा चुका था। वो था ही इस क़दर नाज़ुक और खूबसूरत कि बड़ी उम्र के लड़कों की रालें टपकने लगती थीं। वे जाँघों व गालों में चुटकी भर-भरकर और धौल-धप्पा करने के बहाने बाहों में भरकर चूमाचाटी करते हुए उसे अपनी हवस का शिकार बना लेते थे।

इमरान उसके कॉलेज का साथी था। खेल के मैदान में मिला था और अब वे आदिम खेल खेल रहे थे। गुफ़रान ने कानों में बालियाँ पहन रखी थीं। उसकी चाल भी लचकदार हो चुकी थी। छींटदार क़मीज़ और ढीली-ढाली शलवार पहने रहता था। इमरान क्रिकेट खिलाड़ी इमरानख़ाँ की तरह रोमन फ़ौजी की मानिन्द गबरू था जिसकी आगोश में समाने के लिए हसीनाएँ बेताब रहती थीं पर इमरान का दिल गुफ़रान पर आया हुआ था। सही मानों में वे एक जान दो क़ालिब थे। वे साथ-साथ ज़िन्दगी बसर करने की क़समें खा चुके थे। उनको किसी चीज़ की कमी न थी। इमरान एक वडेरे का बेटा था। वडेरा एम.एल.ए. भी था। बड़ी धाक थी उसकी। साठ बरसों में जागीरदाराना मिज़ाज नहीं बदला था। गुफ़रान भी किसी हैसियत से कम न था। उसका बाप ब्यूरोक्रेट था। ब्यूरोक्रेट और फौजी, उन्हीं की तो उस मुल्क में बल्ले-बल्ले थी। अवाम तो अमीरों के ख़ूनी मुँह के क़िमाम थे। इन सबसे बढ़कर था दाढ़ियों, टोपियों और उठंगी शलवारों का जुनूनी क़ाफ़िला, जिन्हें हुकूमत ने ही पाला-पोसा था। अब उनके मुँह पर ख़ून लग चुका था। वे वक़्त के पहिये को उल्टी दिशा में घुमाना चाहते थे। दरअस्ल वो जाहिलों की जमाअत थी और मुल्क और दुनिया को सबसे ज़्यादा ख़तरा उन्हीं से था। इमरान व गुफ़रान जैसे 'भटके हुए नौजवानों' को भी।

देखा जाए तो इमरान व गुफ़रान तथा इन जैसे जोड़ों का यह आपसी मुआमला था पर जुनूनी लोगों को इंसानी सरोकारों से ज़्यादा अपने गढ़े हुए क़ानून-क़ायदों की फ़िक्र थी। कुछ लोग उन्हें ज़िहादी कहते थे पर दरअस्ल वे जाहिल लुटेरे थे। न सिर्फ़ अपने मुल्क में बल्कि सारे आलम में, ख़ासतौर से अपने पड़ोस में दहशत का बाज़ार गर्म रखते थे।

इमरान व गुफ़रान उनकी नज़रे-इनायत से कब तक बचते? चार दिन की चाँदनी, फिर अँधेरी रात। होमो-सेमिनार की गर्द बैठ चुकी थी। सारा ध्यान रोज़-ब-रोज़ होने वाली क़त्ल की वारदातों पर केन्द्रित होने लगा था। उस दिन सुबह से ही अब्र छाये हुए थे। जिस वक़्त गुफ़रान अपनी कोठी से मोटर साइकिल पर निकला, शाम होने को थी। बादलों की वजह से अँधेरा कुछ ज़्यादा ही फैल गया था। वो सुनसान सड़क पर मस्ती के आलम में रवाँ-दवाँ था। मंज़िल थी, इमरान का फ़ार्म हाउस जहाँ दोस्तों की महफ़िल बरपा होने वाली थी। गुफ़रान को बेखुदी में पता ही न चला कि तीन नौजवान दाढ़ियाँ उसके तआक़ुब में हैं।

अचानक तीनों ने ओवर टेक करके यू-टर्न ले लिया। अब गुफ़रान उनके नरग़े में था। बच के कैसे जा सकता था? सड़के के किनारे भुतहा बिल्डिंग जैसे उन्हीं के लिए खड़ी थी। वो एक निर्माणाधीन होटल की इमारत थी। बिल्कुल सुनसान। चौकीदार की कोठरी पर ताला पड़ा था। वो अपने बीवी-बच्चों को देखने या कहीं मुँह मारने चला गया होगा। वैसे भी इन जैसे दढ़ियल हमलावरों के सामने उसकी क्या चलती? वे गुफ़रान को धकेलकर इमारत में ले आये और ताबड़तोड़ उस पर हमला करने लगे। गुफ़रान की चीख़ें निकल गयीं। बेशक वह गुनाह था पर उनके ख़ुदा ने मोमिनों से वादा कर रखा था कि जन्नत में हूरों के अलावा लौंडे भी मिलेंगे तो क्यों नहीं वे इस फ़ानी दुनिया में थोड़ी रिहर्सल कर लें। इस्लाम के दुश्मन को ख़त्म करना सवाब का काम है और सवाब के पहले गुनाह कर लेने में कोई हर्ज नहीं है।

गुफ़रान सीमेंट व बजरी से अटे फ़र्श पर औंधे मुँह पड़ा था। उसकी इज़्ज़त बजरी के ढेर पर कानी कुतिया की तरह बेबस पड़ी थी। उसमें उठ-बैठने की हिम्मत तक नहीं बची थी।

हालाँकि वो हिलने-डुलने की कोशिश कर रहा था। अचानक तीन धमाके हुए और उसका ज़िस्म बेदम होकर फ़र्श पर ढेर हो गया।

—हो गया साला जहन्नुम रसीद! एक बोला।

—अब क़िधर? दूसरे ने कहा।

—उस काफ़िर के फ़ार्म हाउस की तरफ़ और किधर? तीसरे ने लाश पर थूकते हुए कहा।

तीनों ने अपनी-अपनी बाइक सँभाली और कल्चरल सफ़ाये के अभियान पर निकले 'उग्रवादियों' की तरह दनदनाते हुए फ़ार्म हाउस की तरफ़ बढ़ने लगे।

फ़ार्म हाउस कुछ ज़्यादा दूर नहीं था।

(2011)

ज़हर

जिस दिन हामिद के हाथ में वो किताब आयी उसके दिमाग़ का हिसाब गड़बड़ा गया। यह एकदम हुआ था जैसे ज़लज़ला आ गया हो। कल ही क्लास टीचर ने उसे क्लास से बाहर खदेड़ दिया था और तब तक अन्दर नहीं आने दिया जब तक घर से पैसे लाकर स्कूल के दफ़्तर से वो किताब नहीं खरीद ली। सरकार ने एक हुक्म से उस किताब को खरीदकर पढ़ना और उस पर अमल करना ज़रूरी क़रार दे दिया था। यह सभी छात्रों के लिए लाज़िमी था, चाहे वो किसी धर्म, सम्प्रदाय या संस्कृति का हो।

किताब का नाम था—देव-वाणी। उसमें ऐसी-ऐसी बातें दी गयी थीं जिन पर सरसरी नज़र दौड़ाने मात्र से हामिद के हाथों के तोते उड़ गये। शाम को रुआँसा-सा घर पहुँचा।

अम्मी ने पूछा—"क्या हुआ बेटे, उदास क्यों हो?"

हामिद एकाएक जवाब नहीं दे पाया। उसे समझ नहीं आ रहा था कि वो क्या जवाब दे? जब से वो किताब उसके हाथ में आयी थी वो अजीब-सी उधेड़बुन में मुब्तला हो गया था। अभी उसकी उम्र ही क्या थी। फ़कत बारह साल। इस पर दो विपरीत धाराएँ। वो इधर रहे या उधर जाये : देव-वाणी में तो यह लिखा हुआ है कि यह देश हिन्दुओं का है और यहाँ रहने वाले सब हिन्दू हैं। तो क्या मदरसे के मौलवी साहब ग़लत कहते हैं कि यह मुल्क सबका है। यहाँ अलग-अलग मज़हबों के लोग रहते हैं। उनकी अलग-अलग मान्यताएँ और तहज़ीब हैं मगर सब एक माला में पिरोये मनकों की तरह हैं। अनेकता में एकता की तरह। मौलवी साहब यह कहना भी नहीं भूलते

कि हमारा मज़हब सबसे आला है। हमें फख्र होना चाहिए कि अल्लाह ने हमें ऐसा दीन दिया। अब तक मदरसे में जो तालीम, घर में जो तमीज़ और तहज़ीब मिली उसका देव-वाणी से कोई मेल नहीं था। इसमें तो नफ़रत के कनखजूरे रेंग रहे हैं। इससे पहले तो उसने जाना ही नहीं था कि वह दूसरों से अलग है। उसके साथ पढ़ने वाले तमाम लड़के उसे अपने जैसे लगते थे। यह किताब तो कहती है कि मुसलमान और ईसाई बच्चों से दोस्ती मत रखो। उन्हें हमेशा पीछे धकेलने की कोशिश करो। उनको किसी भी क्षेत्र में आगे मत आने दो। वे हमारे शत्रु हैं। हम में से नहीं हैं। इसके अलावा भी किताब में बहुत कुछ था जो हामिद के लिए, एक कच्चे ज़ेहन के लिए नया संसार था। देवी-देवताओं की पूजा-अर्चना करना, मन्दिरों में माथा टेकना, व्रत रखना, सूर्य नमस्कार करना, पीपल पूजा, गो-मूत्र पीना, वन्दे मातरम् वग़ैरह।

अभी तक हामिद का माथा घूम रहा था। वो सोफ़े पर दराज़ हो गया। आँखों पर बाँह रखकर देव-वाणी के घटाटोप से बाहर निकलने की कोशिश करने लगा। अम्मी जान काम छोड़कर उसके पास आकर बैठ गयीं। बाँह हटाते हुए पूछा—''क्या हुआ बेटा! कुछ बोलते क्यों नहीं?''

अम्मी ने देखा बेटे की आँखें सूजी हुई हैं। अम्मी के बार-बार इसरार करने पर वो उठकर बैठ गया और धीरे-धीरे अपनी उलझन बता दी। बात वाक़ई उलझन की थी। अम्मी की पेशानी पर भी फ़िक्र की लहरें पड़ गयीं। इस सेकुलर मुल्क में ये सब क्या हो रहा है? आज से कुछ बरस पहले तक तो ऐसी सूरत न थी। अब एकाएक इन लोगों को क्या हो गया है? इस तरह तो हम अपना दीन-ईमान और कल्चर महफूज़ नहीं रख सकेंगे। पहले सुनते थे कि इनकी शाखाओं और शालाओं में छोटे-छोटे बच्चों के कच्चे दिमाग़ों में नफ़रत का ज़हर भरा जाता है। अब सत्ता हाथ में आते ही सारे स्कूलों में ऐसा ज़हर फैला रहे हैं। यह तो बिल्कुल ग़लत बात है।

''अपने अब्बू को आने दो, उनसे बात करूँगी'', अम्मी उठते हुए बोली और बुदबुदाने लगी—यह तो बड़ा ख़तरनाक खेल शुरू हुआ है। छोटे बच्चों के साथ ऐसा सुलूक करते हैं। हमने स्कूल में इसे इसलिए भर्ती करवाया था कि ऊँची तालीम

हासिल करके कुछ बन जाये। वर्ना मदरसे क्या बुरे हैं?

हामिद के अब्बू अब्दुल मजीद ने बरसों पहले बी.ए. कर लिया था और चाहते थे कि कोई अच्छी-सी नौकरी मिल जाये लेकिन लाख कोशिशों के बावजूद उन्हें नौकरी नहीं मिली। तब मजबूरन कुछ दिनों तक एक ऑटो डीलर के यहाँ काम किया। कुछ रक़म जोड़ी और बड़ा बाज़ार में परचूनी सामान की एक छोटी-सी दुकान खोल ली। मेहनत से जी नहीं चुराया इसलिए आज वो एक बड़े जनरल स्टोर के मालिक थे। दिल में अब भी खटक थी कि भले वो बड़ा ओहदा न पा सके, कम-अज़-कम उनके बच्चे सिविल सेवा में जाकर ख़ानदान का नाम रौशन करें। वो सिर्फ़ कारोबारी नहीं थे, पढ़ने-लिखने का भी शौक़ रखते थे। उनके स्टोर पर यार-दोस्तों की आवाजाही लगी रहती थी जिनसे गपशप करके धन्धे की बोरियत को किसी क़दर दूर कर लेते थे।

मग़रिब की नमाज़ के बाद घर लौटे तो रोज़ की तरह घरेलू परेशानियों के अलावा एक नयी परेशानी मुँह बाये खड़ी थी। ठीक तरह खाना भी न खा सके और हाथ धोकर बेटे को अपने पास बुला लिया और कुरेद-कुरेदकर सारी बातें पूछने लगे। उस किताब को भी टटोला जिसने सब को परेशानी में डाल दिया था। हामिद की अम्मी में यही ख़राबी थी कि वो रुक नहीं पाती थी और जल्द से जल्द मस्अला शौहर के सामने रख देती थी। कई बार टोका भी था कि कम-अज़-कम ताज़ा दम होने तक वो अपनी ज़बान क़ाबू में रखे मगर हामिद की अम्मी में इतना सब्र कहाँ?

अब्दुल मजीद आम मुसलमानों की तरह न थे। दीन-दुनिया की पूरी ख़बर रखते थे। उन्हें मालूम था कि उनके सूबे के हालात ठीक नहीं हैं लेकिन मुआमला इस क़दर बिगड़ जायेगा, यह ख़बर नहीं थी। अगर हामिद दूसरे बच्चों की तरह होता तो माँ-बाप को भनक भी न लगने देता, मगर उसकी तालीम व तर्बीयत ही इस तरह की थी कि मामूल के ख़िलाफ़ बातों से वो गड़बड़ा जाता था। मदरसे की तालीम व घरेलू माहौल से वो आधुनिक दीनदार बच्चा था। स्कूल में भी उसे किसी क़िस्म की परेशानी नहीं थी बल्कि वो जी लगाकर पढ़ाई कर रहा था ताकि बड़ा आदमी बन सके। वो बाप-दादा की तरह दुकानदार बनकर जीना नहीं चाहता था। उसके बहुत अरमान थे लेकिन थोपी

गयी इस किताब ने और टीचरों व हमजमातों के रवैये में हो रहे बदलावों ने उसे परेशान कर दिया था।

अगले दिन डॉ. रब्बानी उनकी दुकान पर आये तो सबसे पहले इसी मस्अले पर बात छिड़ी। डॉ. रब्बानी फ़िज़ीशियन तो थे ही, समाज-सेवा और सियासत में भी दख़ल रखते थे, सुनकर फ़िक्रमन्द हो गये। मजीद साहब! अब तो यही होना है। आपको मालूम है, 2002 के बाद गुजरात में भी मुस्लिम बच्चों के साथ क्या सुलूक हुआ था। पब्लिक स्कूलों से उन्हें यह कहकर निकाला गया था कि हम तुम्हारी हिफ़ाज़त का ज़िम्मा नहीं ले सकते हैं। सैंकड़ों बच्चों का भविष्य चौपट कर दिया गया। मालूम नहीं, अब वहाँ क्या हालात हैं? मीडिया भी सरकार के दबाव में रहता है। ज़मीनी हक़ीक़त कम पता चलती है। आप कल ही प्रिंसिपल से मिलिए और सारी बातें समझाइए कि कोर्स के अलावा ऐसी किताब से हामिद जैसे बच्चों के ज़ेहन पर ग़लत असर पड़ता है। एक तरह कहते हैं कि मुस्लिम बच्चे जदीद तालीम हासिल नहीं करते हैं, दूसरी तरफ़ उन्हें घेटोइज़्म की तरफ़ धकेलते हैं। आप मुझे इत्तिला कर देना। मैं भी साथ चलूँगा। डॉ. रब्बानी के अलावा दूसरे मुलाकाती हाजी साहब, रहीम ठेकेदार, अमानुल्लाह ख़ाँ रिटायर्ड तहसीलदार—सब की यही राय थी।

अब्दुल मजीद व डॉ. रब्बानी के साथ प्रिंसिपल सलीक़े से पेश आया मगर फौरन उसने अपने हाथ झटक दिये। क्या करें साहब! हम तो सरकार के नौकर हैं। जैसा हुक्म, वैसी तामील। वैसे इसमें इतना परेशान होने की बात क्या है? राष्ट्र-प्रेम तो सबका धर्म होना चाहिए।

—मगर एक ख़ास धर्म की वकालत करना तो मुनासिब नहीं है, प्रिंसिपल साहब! दूसरे सम्प्रदायों के बारे में ग़लत बातें सिखाना भी ठीक नहीं है। इससे नेशनल हार्मनी तार-तार होती है। डॉ. रब्बानी ने अपने ग़ुस्से को ज़ब्त करते हुए कहा।

प्रिंसिपल मुस्कुराया। आप लोग ख़्वाहमख़्वाह शक कर रहे हैं। ऐसा कुछ नहीं है। यह देश हज़ार बरसों तक ग़ुलाम रहा है। अब गर्व से गर्दन उठाकर चलने का अवसर आया है तो...वैसे हर देश में बहुसंख्यकों की मोनोपॉली चलती है। क्या अरब देशों और आपके पाकिस्तान में नहीं चलती...?

—मुआफ़ कीजिए, अब्दुल मजीद ने बात काटी, पाकिस्तान हमारा नहीं है। हमारा तो हिन्दुस्तान ही है। इसलिए हमारे बुजुर्ग 1947 की आँधी में भी यहीं जमे रहे।

—इतनी मामूली बात पर आप लोगों को इतना एतराज़ है तो बच्चे को यहाँ से ले जाइए। शहर में बहुत स्कूल हैं। कहीं न कहीं दाख़िला मिल जायेगा। अगर आपको धर्म के भ्रष्ट होने की इतनी चिन्ता है तो अपनी डेढ़ ईंट की मस्जिद अलग बना लीजिए। मदरसों की तरह अपने स्कूल क़ायम कर लीजिए। हमारे स्कूल में अलगाववाद नहीं चलेगा। आपने वह कहावत तो नहीं सुनी क्या—रोम में हो तो रोमनों की तरह रहो। भारत में रहना है तो भारतीय बनकर रहना पड़ेगा, कहते-कहते प्रिंसिपल के चेहरे पर कुटिल मुस्कान तैर आयी।

यह ऐसा मुद्दा था जिस पर लम्बी बहस हो सकती थी और तल्ख भी। डॉ. रब्बानी ने जवाब देने के लिए मुँह खोला ही था कि अब्दुल मजीद ने उन्हें टहोका दिया—चलें। बात बढ़ाने से कोई फायदा नहीं। ये मानेंगे नहीं। हमें ही बचाव का तरीक़ा सोचना होगा।

बहुत सोचा, और लोग भी जुगत भिड़ाने में शरीक हुए लेकिन कोई कारगर तरकीब उनके दिमाग़ में नहीं आयी। सबसे आसान तरीक़ा था, हामिद को किसी और स्कूल में दाख़िल किया जाये। मगर कहाँ? जब पूरे सूबे में तालीम का यही निज़ाम जारी हो चुका है तो नजात कहाँ होगी? क्या तालीम महकमे के आला हुक्काम को गुहार लगायी जाये? उससे भी क्या होगा? जब सब जगह एक जैसी ज़ेहनीयत काम कर रही हो या फिर बच्चे को इसी स्कूल में रहने दिया जाये और हालात पर नज़र रखी जाये। आख़िर अब्दुल मजीद का बेटा ही तो नहीं है और भी अल्पसंख्यक हैं। देखते हैं वे इन हालात में क्या करते हैं?

बाप चाहे 'देखो और इन्तज़ार करो' पर सब्र करके बैठ गये हों लेकिन बेटे को रोज़ सूली पर चढ़ना पड़ता था। आन की आन में स्कूल का माहौल ज़हरीला हो गया। पहले उसके हम जमाअत जमील से गहरी दोस्ती न थी। अब वो क़रीब आ गया और रोहन, जयराम और बलराम हामिद से दूर हो गये। उनके बर्ताव में अचानक बदलाव आ गया। वे बात-बात में उस पर

छींटाकशी करने लगे। धीरे-धीरे यह होने लगा कि स्कूल में जितने अल्पसंख्यक छात्र थे वे रिसेस में एक साथ देखे जाने लगे। उनको जो घुट्टी पिलायी जा रही थी उससे बचने की तरकीबें सोचने लगे। कई गर्म मिज़ाज लड़के उकसावे पर आपा खो देते और उनसे भिड़ जाते जो कल तक उनके अच्छे दोस्त हुआ करते थे।

उस दिन क्या हुआ था। सावन का महीना था। सुबह से रिमझिम हो रही थी। किसी को पढ़ने-पढ़ाने में मन नहीं लग रहा था। रिमझिम कुछ देर के लिए थम गयी मगर बादल छाये हुए थे। प्रिंसिपल से इजाज़त लेकर हामिद के क्लास टीचर ने आउटिंग का प्रोग्राम बना डाला। सैर-सपाटे और मौज-मस्ती तक तो ठीक था लेकिन नगर परिक्रमा की तरह मास्साब ने मन्दिर-दर्शन शुरू कर दिया तो हामिद व जमील परेशान हो उठे। बाक़ी लड़के झुंड के झुंड यहाँ-वहाँ हाथ जोड़ने, शीश नवाने और घंटे बजाने व भजन गाने में अपना उत्साह दिखा रहे थे और वो दोनों बाहर खड़े या चबूतरे पर बैठे इन्तज़ार करते थे।

"अरे! आओ रे आओ। तुम भी दर्शन कर लो", लड़के उकसाते।

"नहीं, हम यहीं ठीक हैं", सहमी हुई आवाज़ में वे जवाब देते।

"हमारे देवी-देवता तुम्हारे अल्लाह से छोटे नहीं हैं। रहते हो भारत में, गुण गाते हो मक्के-मदीने के। बकरे की माँ कब तक ख़ैर मनायेगी?"

हामिद को गुस्सा आ गया। "रोहन! स्टॉप इट। क्या भारत, क्या मक्का-मदीना लगा रखा है। तुम लोगों को हो क्या गया? कई दिनों से देख रहा हूँ, बाज़ ही नहीं आते। हम लोग चलते हैं–आओ जमील।"

हामिद और जमील उठने लगे तभी रोहन और उसके साथियों ने उन्हें घेर लिया, ऐसे कैसे बच्चू। माथा तो तुम्हें टेकना पड़ेगा या मस्जिद में जाकर घोड़ी बनोगे? घोड़ी बनने का इतना ही शौक़ है तो ले, यहीं बना देते हैं। इसके साथ ही गुद्दी पकड़कर हामिद को झुकने के लिए मजबूर कर दिया और बलराम उचककर उसकी कमर पर बैठ गया। बाकी लड़के उसे ठेलते हुए गाने लगे–चल मेरी घोड़ी टम्मक टम...चल मेरी घोड़ी...।

क्लास टीचर एक पेड़ के साये तले धुआँधार सिगरेट फूँक रहे थे और कनखियों से आती-जाती देवियों को तक रहे थे। मौसम अब अपने रंग बदल रहा था। काले बादल पागल हाथियों की तरह उमड़-घुमड़ रहे थे। तभी जमील की जयराम से किसी बात पर तकरार हो गयी और लात-घूँसे चलने लगे। क्लास टीचर सिगरेट पाँव तले कुचलकर दौड़े आये। बीच-बचाव किया और आउटिंग का पैक-अप कर दिया। उन्हें अपनी बदनामी का डर था। कहीं कुछ गम्भीर हो गया तो लेने के देने पड़ जायेंगे और कल अख़बारों की सुर्ख़ी बन जायेंगे। बात फैलते और बिगड़ते देर नहीं लगती।

इस सैर-सपाटे ने हामिद को और बेचैन कर दिया। उसे समझ नहीं आ रहा था ये सब क्या हो रहा है? अब्बा के पास शिकायत लेकर जाता, तो वो भी फ़िक्रमन्द हो जाते। उनकी भी समझ में नहीं आता था कि क्या क़दम उठायें? हालात रोज़-बरोज़ बिगड़ते जा रहे थे। हामिद की सेहत तेज़ी से गिरती जा रही थी। एक दिन तो ग़जब ही हो गया जब हामिद सर पर पट्टी बाँध स्कूल के बजाय अस्पताल से लौटा। एक लड़के से झड़प के बाद धक्कामुक्की में सर पर चोट लग गयी थी। हामिद ने रो-रोकर सारा माजरा अपनी अम्मी से बयान किया और ज़िद ठान ली कल से वह स्कूल नहीं जायेगा। उसे पढ़ाई नहीं करनी। वह स्टोर में अब्बू का हाथ बँटायेगा।

शाम को अब्बू घर लौटे तो उन्होंने मुआमले की गम्भीरता को जाना। पानी अब सर से ऊपर उठ चुका था। वो हुकूमत और हालात के आगे मजबूर थे। वो इंसाफ़ के लिए अदालत में जा सकते थे पर जानते थे, यह संघर्ष लम्बा होगा। उन्हें इंसाफ़ से ज़्यादा बेटे के भविष्य व स्वास्थ्य का ख़याल था। अब वो बेटे को उसी स्कूल में पढ़ाई जारी रखने पर ज़ोर नहीं दे सकते थे, न देना चाहते थे। आजकल के बच्चों का कोई भरोसा नहीं। अगर तंग आकर बेटे ने कोई ग़लत कदम उठा लिया तो उनके सारे सपने चकनाचूर हो जायेंगे।

जल्दी-जल्दी खाना खाने के बाद वो डॉ. रब्बानी के यहाँ गये। ज़रा देर में हाज़ी साहब और तहसीलदार भी वहाँ पहुँच गये और सब सर जोड़कर इस मुश्किल का हल तलाश करने की कोशिश करने लगे। सबकी यही राय बनी कि हामिद को उस स्कूल से

उठा लिया जाये और किसी अच्छे दूसरे स्कूल में दाख़िला दिलाया जाये लेकिन इस मिड-टर्म में? मगर और कोई चारा भी तो नहीं है। लड़का हाथ से निकला जा रहा है। कैसी तो ज़बान बोलने लगा है। ला हौल वला कुव्वत। सूखकर काँटा हो गया है। यह तालीम है कि सज़ा? हमारे घर के बच्चे तो फिर भी मज़बूत हैं जो बिना गिले-शिकवे के हालात का मुक़ाबला कर रहे हैं। दरअस्ल यह धीमा ज़हर है जो धीरे-धीरे असर करता है। देखना, एक दिन लड़का पूरा उनके रंग में रंग जायेगा। यही तो वे लोग चाहते हैं। ये जदीद बनाने के बजाय पीछे धकेलने की कोशिश कर रहे हैं। अपनी तरह पोंगा पंडित बनाना चाहते हैं।

फिर हमारी कल्चर, हमारी तहज़ीब का क्या होगा?

—इस मुल्क में रहना है तो हाँ जी, हाँ जी कहना पड़ेगा, हाजी साहब बुरा-सा मुँह बनाते हुए बोले, ''अब यही कुछ देखना बाक़ी रह गया है। चलता हूँ, ज़रा काम है पर हाँ, मजीद साहब! अपने साहिबज़ादे को उस स्कूल से उठा ही लो वर्ना हाथ से निकल जायेगा।''

डॉ. रब्बानी और तहसीलदार साहब की भी तक़रीबन यही राय थी। घर पहुँचे तो बेगम को फ़िक्रमन्द पाया। हामिद को बुख़ार ने आ घेरा था। वो चादर ओढ़े सो रहा था।

''क्या हुआ बेटे?'' बाप ने हौले से पूछा।

''सोने दो, अभी आँख लगी है'' माँ ने कहा।

पर बाप को चैन कहाँ? फ़ौरन फ़ोन लगाया। आन की आन में डॉ. रब्बानी आ गये, ''कुछ नहीं, मामूली बुख़ार है। कई बार डर व घबराहट से भी ताप चढ़ जाता है।''

डॉ. रब्बानी का अन्दाज़ा ग़लत निकला। बुखार खिंचता चला गया। टूटता ही न था। ज़हर का असर कहीं गहरे में उतर चुका था। हामिद को पढ़ाई के नाम से नफ़रत हो गयी थी। जज़्बाती लड़के ऐसे ही होते हैं। नौबत यह आ गयी कि उसे अस्पताल में दाख़िल कराना पड़ा। अब तो कुछ करना ही होगा। शहर में कई मदरसे थे जहाँ मज़हबी तालीम के अलावा स्कूली तालीम भी दी जाती थी। अख़बारों में ऐसी ख़बरें भी आती थीं कि मदरसे से निकले हुए बच्चे आजकल बड़े ओहदों तक अपनी लियाक़त से पहुँचने लगे हैं। मगर आम ख़याल यही था कि सबसे अच्छी तालीम पब्लिक स्कूलों में दी जाती है। सरकारी

स्कूल और मदरसे वग़ैरह इस मुआमले में बहुत पीछे हैं। हामिद के अब्बू का भी यही ख़याल था। मगर कुछ और न सूझा तो उन्होंने यही फैसला किया कि दारुल उलूम रहमानिया के तहत चलाये जा रहे रहमानिया स्कूल में हामिद को दाखिल क़राया जाये। अगर तालीम का मेयार पस्त हुआ तो ट्यूशन व कोचिंग वग़ैरह से कमी पूरी कर ली जायेगी। उनके ज़हर से तो बच जायेगा बेटा।

हामिद को अस्पताल से डिस्चार्ज दिलाकर वो टी.सी. लेने के लिए स्कूल पहुँचे। ऑफ़िस से टी.सी. लेने से पहले वो एक बार फिर प्रिंसिपल के पास गये और हामिद को देव-वाणी से बचाने की अपील की।

"मियाँ साहब! जब इतने सारे मुस्लिम लड़के यहाँ शिक्षा प्राप्त कर रहे हैं और उन्हें कोई परेशानी नहीं है तो आपके पुत्र को क्या दिक्क़त है? हम राष्ट्र-प्रेम के साथ नैतिक शिक्षा ही तो दे रहे हैं। लगता है आपके पुत्र को कोई मानसिक रोग है। इसलिए वह बात का बतंगड़ बना रहा है और आप भी बाप होते हुए बेटे का भविष्य बिगाड़ने पर तुले हुए हैं। आप नहीं जानते, हमारे स्कूल की शिक्षा का स्तर कितना ऊँचा है। आप अपने बेटे को ले जाना चाहते हैं तो शौक़ से ले जाइए। बाद में पछताइएगा।" प्रिंसिपल का उपदेशात्मक टका-सा जवाब था।

हामिद के अब्बू टी.सी. लेकर स्कूल से निकले तो अजीब दुविधा में थे। कहीं उनका यह क़दम ग़लत तो नहीं होगा? जब इतने सारे मुस्लिम लड़के यहाँ पढ़ रहे हैं तो...फौरन बेटे का मुरझाया हुआ चेहरा सामने आ गया। बढ़ना तो उन्हें अपने स्कूटर की तरफ़ था पर वो सड़क के बीचोंबीच ठिठक गये। तय नहीं कर पा रहे थे कि किधर जायें।

(2011)

□□